實　用

知　識

寶鼎出版

從歐巴馬到TED Talks百大講者，
讓聽眾欲罷不能的七個祕密

Trevor Currie

高傑里———著　鄭煥昇———譯

感動全場

的

演說之道

Move
the
Room
Seven Secrets of
Extraordinary Speakers

謹以此書獻給梁善文、伊凡與雷—李

各界讚譽

「這本書會從根本改變你發表演講、敲定生意、激勵團隊的手法。再有經驗跟能力的公眾演講者都能在高傑里的書中找到嶄新而有用的見地。」

——丹尼爾・品克（Daniel H. Pink）

《紐約時報》（*New York Times*）暢銷書榜首作家

著有《什麼時候是好時候》（*When: The Scientific Secrets of Perfect Timing*）、《動機，
單純的力量》（*Drive: The Surprising Truth About What Motivates Us*）與《未來在等待
的銷售人才》（*To Sell is Human: The Surprising Truth about Moving Others*）

「《感動全場的演說之道》對想在大大小小場合說服或激勵人的講者，都是一本極其實用的作品。書中集結了關於講者和聽眾的各種敏銳觀察，並將這些觀察轉化成了任何人都會覺得容易上手的實務建議。」

——奈傑・萊特（Nigel Wright）

加拿大 Onex 投資公司資深常務董事

前加拿大總理之幕僚長

「我見過高傑里把膽小到不行的講者改造成簡報王牌。這本書把演講的技藝拆解成手把手的步驟教學，但也沒少了一系列的訣竅和絕招。經典的講者和簡報在此獲得了系統性的分析——對於任何想優游於大小聽眾之間的講者，這本書都是不可多得的武功祕笈。」

——強·萊克斯（Jon Lax）
Facebook 實境實驗室（Facebook Reality Labs）產品設計副總經理

「《感動全場的演說之道》結合了實用的見解和實際案例來說明上臺演說的機會可以如何成為力量放大鏡，讓你的職涯更上層樓。高傑里融合了小聰明與大智慧，讓我們看到有效的演說是如何促成了眾多領袖人物的功成名就。」

——鄧肯·辛克萊（Duncan L. Sinclair）
德勤（Deloitte）會計師事務所加拿大與智利分所董事長

「高傑里的新書《感動全場的演說之道》就像把閃電捕捉住，裝進了瓶中。而那道閃電就是各種聰明而實用的做法和見解。掌握住這些關鍵知識，你就能把主題演講說得充滿力量且令人難忘，就能充滿自信地把交易搞定，就能順利激勵你的團隊。」

——道格·墨菲（Doug Murphy）
康力斯娛樂公司（Corus Entertainment）執行長

「憑藉多年來的演講指導經驗，搭配對世界級知名講者入木三分的分析，高傑里讓再沒把握的講者如今也知道該如何制霸講臺。老鳥與菜鳥都必讀的一本書。」

——卡麥隆・福勒（Cameron Fowler）
BMO 金融集團（BMO Financial Group）策略兼營運長

「《感動全場的演說之道》是本不容錯過的有效溝通指南，書中充滿啟發性的實際案例可以破除我們對於演說藝術的迷思。任何有志於以新培養出的自信和影響力來帶動風向的人，高傑里的新書都有助於徹底改變聽眾對你和你的理念所抱持的觀感。」

—— Miyo Yamashita
瑪嘉烈公主癌症基金會（The Princess Magaret Cancer Fundation）主席兼執行長

「《感動全場的演說之道》內容豐富且充滿各種具體可行的建議，更別說當中還穿插發人深省的實例，讀起來寓教於樂。這本書裡有實用的工具供你改進演說表現，讓你在職場上更加不容忽視。」

——史黛芬妮・威爾森（Stephanie Willson）
布雷克，卡塞斯和葛雷登律師事務所（Blake, Cassels & Graydon LLP）
客戶關係與行銷長

「一本商管書哪怕只有一項有價值的建議，我都會覺得值得一看，何況在讀《感動全場的演說之道》時我的嘴根本停不下來，我一直聽自己反復說著：『寫得太好了！』不同於其他的商管書，這本作品會讓你欲罷不能，因為當中的招數都是特效藥，而且字裡行間都是高傑里特有的親切和詼諧。這本書可以讓你累積更多技巧與自信，讓你出落為一個更好的講者與領導者。」

——艾莉森·梁（Alison Leung）
加拿大電商平臺 Shopify 行銷部門主管

「三分之二的實用建議，三分之一的啟發性，《感動全場的演說之道》會讓你掌握公開演講的藝術，讓你在專業人士中脫穎而出。高傑里的高階講者教練經歷在本書中一覽無遺。不論你是偶爾講兩句還是一天到晚上臺，這本書都可以是常伴你左右的演講指南。」

——大衛·摩根斯坦（David Morgenstern）
埃森哲（Accenture）顧問管理公司資深常務董事

「我親眼見證過學員在與高傑里合作過後脫胎換骨。他們全都成功讓自己的演講技巧更上一層樓，都學會了如何在傳達訊息時表現出自信、清晰和說服力。透過這本書，各地的組織領導者和意見領袖都可以取用高傑里的高見和手法。這是一本可以改變你生涯發展的好書！」

——黛博拉·達爾芬（Deborah M. Dalfen）
Torys 國際律師事務所專業人力資源長

「《感動全場的演說之道》書裡有滿滿的真人真事和具備可行性的心得,可以供所有想鼓舞聽眾動起來的你參考。如果你身處在靠影響力賺錢的領域,那這本書將可以讓你占盡競爭優勢。」

——約翰‧瓦瑞勞（John Warrillow）
價值建立者系統（Value Builder System）創辦人
著有《公司賺錢有這麼難嗎》(Built to Sell: Creating a Business That Can Thrive
Without You)、《讓顧客的錢自動流進來》(The Automatic Customer: Creating a
Subscription Business in Any Industry)、《把自家公司賣掉的藝術》(The Art of Selling
Your Business: Winning Strategies & Secret Hacks for Exiting on Top)

「《感動全場的演說之道》書中深刻的見解和可靠的策略翻轉了人們對演講的恐懼。這本書讓你知道如何去應對那些最讓我們不知所措的問題,我們心裡有數——只要解決這些問題,我們就能與人建立真正的連結,讓人受到我們的啟發和影響。」

——傑夫‧戴維斯（Jeff Davis）
安大略省教師退休基金（Ontario Teacher's Pension Plan）法務長兼企業事務長

「這本書是一把鑰匙,門後就是有效溝通的王國;言之有物,說服力十足。」

——布魯斯‧賽勒里（Bruce Sellery）
加拿大廣播公司（CBC）理財專欄作家
暢銷書《為什麼聰明人遇到錢就會犯蠢》(Moolala: Why Smart People Do Dumb
Things With Their Money - And What You Can Do About It)作者

目次

Introduction

Chapter one

Chapter two

Chapter three

Chapter four

Chapter five

第五章：完成迴路

Chapter six

第六章：善用問題

Chapter seven
第七章：信心的加乘

Conclusion
結論：感動千萬人

引言

演說，是一種力量乘數

　　「我怕我叫你學者的話，就沒有人會來了，因為他們會覺得你既無聊又不食人間煙火，」一場大會的主辦單位在邀請布朗博士來演講後這麼對她說。哇靠！沒人想在別人眼裡是既無聊又不食人間煙火。但布朗不是位知名的講者，所以主辦方很頭痛要怎麼介紹她，才能讓人對她的演講有興趣。

　　「我喜歡妳演講的一點，在於妳說的那些故事，所以我決定稱呼妳為說故事的人，」主辦方說。這位教授當場就承認她對於被說成是說故事的人，覺得有點不安，畢竟她是做研究的。在經過一番思考後，她得出了一個妥協之道。「我是做質化研究的學者，我蒐集案例的故事；

那就是我平常在做的事情，所以你不如介紹我是個說故事的研究者吧。」[1]

「哈哈。妳在說什麼，哪有那種東西。」主辦方對這提議顯然聽不進去。

布朗或許沒能贏下這場該以什麼身分出場的拌嘴，但要說她是靠這個故事在休士頓的聽眾面前贏得了滿堂采，這一點也不過分。一身寬版棕色襯衫、黑色牛仔褲，還有金色圈圈耳環的打扮，她靠她的研究故事打動了全場。

她說的有些是私人的故事。她承認自己曾因為內心崩潰而去問朋友有沒有推薦的諮商師。「哇，誰敢當妳的諮商師啊，」朋友們這樣告訴她。這種自謙和自嘲的組合貫穿了她的演講。她就這樣拉近了與你的距離，讓你卸下心防，也讓你有機會換個不同的角度去看待自己也看待別人。

「我告訴眼前的 500 人我崩潰過，我有一張投影片上就寫著『崩潰』。我是什麼時候哪根筋不對，才會覺得這是個好主意的呢？」她在休士頓的演說數日後跟一個朋友說道。「YouTube，他們要把這玩意放到 YouTube 上，到時候知道我崩潰過的人可能又會多個 6、700。」她開玩笑說一想到那一幕，自己就想要潛入主辦單位去湮滅證據，

免得影片真的被上傳到網路。[2]

　　事實證明，休士頓的演講確實是布朗生涯的轉捩點，不過是往好的方向而不是她所擔心的轉壞。十年間，這場演講的影片就吸引了超過 6000 萬次觀看[3]。原本只在休士頓第三大大學裡做研究的布芮尼・布朗（Brené Brown），接連寫出五本《紐約時報》暢銷書[4]。她在談話性節目《超級靈魂星期天》（*Super Soul Sunday*）裡成了美國媒體教母歐普拉（Oprah Winfrey）的座上賓，一場演講要價六位數美金，每年有 25 到 50 場的演講邀約。布朗成了皮克斯（Pixar）、IBM、美式足球西雅圖海鷹隊（Seattle Seahawks）的領導力顧問，一言一行影響了千百萬人，就連梅琳達・蓋茲（Melinda Gates，2021 年 5 月與比爾・蓋茲離婚）和好萊塢的一票影視大亨都很買她的帳[5]。Netflix 將她以「召喚勇氣」為題的演講拍成影片，並在 2019 年 4 月分享給全世界，這是從來沒有研究學者做到過的事情。她在 2020 年全球新冠疫情爆發之初登上美國的新聞雜誌節目《60 分鐘》（*60 Minutes*），肩負起撫慰全美國國民，讓大家不要慌亂的重責大任。以一介學者來說，布朗發揮了深遠的影響。

　　布朗的研究品質在休士頓 TED Talks 的前後各一個

月裡，有明顯的好壞差異嗎？當然沒有，但認可並重視她研究的人數卻在演講之後增加了很多。爆紅過的人何其多，布朗自然不是獨特的例子。也許布朗紅得比較誇張，但其基本現象跟只紅一點點的人並無不同。

演說，是一種力量乘數（force multiplier）。好的口才，可以讓你跟你的才華更受重視。你會更加炙手可熱。一旦將演說的技巧跟你原有的才華結合起來，你在專業之內與之外的影響力都會獲得加乘的效果。

所謂「力量乘數」，是軍事術語，它指的是一種可以讓你放大力量，達成原本無法做到的事情的因子。例如夜視鏡就是一種力量乘數，因為一支部隊有或沒有裝備夜視鏡，其力量之差距可以大到十倍。

對布朗博士來說，演說就是她的力量乘數，而她所經歷的並不是異數。2004 年，一名資歷僅兩年的菜鳥參議員在波士頓的一場造勢大會上發言。在此之前，他出了伊利諾州就是個素人，沒人聽過他。但在那之後，認識他的人變得以千萬來計算。演說，也是歐巴馬（Barack Obama）的力量乘數。他從一個社區型領袖，搖身一變成為全世界權力最大的人。一次又一次，我們看到出眾的演說者產生了非比尋常的影響力。這些人，究竟有什麼

過人之處？

布芮尼‧布朗和巴拉克‧歐巴馬都言之有物而且在演說時分量十足：他們說起話來，會讓人覺得自己就是她或他說話的對象，你會被他們打動。這種能力寥若晨星，這種能力價值連城，這種能力的強大難以估量。

如果你也想打動全場——想激勵團隊、撼動靈魂、引燃洞見——那你就需要扎實的內涵和開口時感染全場的存在感。強大的口才會讓你的領導力更上層樓，讓你在天地之間留下印記。至於如何獲得這樣的口才，就由這本書來教給你。

> **"**
> **一場成功的演講，就是一次小小的奇蹟——**
> **人的世界觀，可以因為一場演講而再也不一樣。**
>
> 克里斯‧安德森（Chris Anderson），TED 策展人
> **"**

普普通通的演講者一抓一大把，卓越的演講者卻萬中無一。要讓自己從廣大的普通人當中脫穎而出，需要的其實並不多。你需要的只是把幾件事情做得更不一樣、

更理想一點。接下來，我會藉由本書幫你沙盤推演，讓你知曉如何有效地面對任何一種聽眾：一個經由事前籌劃和建立框架來預備吸引人且具說服力的訊息，然後將之傳播出去的溝通過程。透過這道功夫，你作為一個講者的勝率和自信都會更加穩定。

為了讓這些概念和手法變得更加生動，本書會藉由來自 TED 講臺上和頂著 C 開頭頭銜（執行長、財務長、科技長……等）的優秀講者來提供值得學習且令人想效法的案例。TED 的講者多半是某個主題的專家，他們會以自身的專業為題面對一群高素質但不具備相關技術背景的聽眾。換句話說，他們和我大部分的學員非常類似——也可能很像在讀這本書的你們。

TED 演講深受各界歡迎，並獲得大量轉發。為了瞭解他們是如何做到這一點，我用內容、口條和投影片這三方面的 50 多種標準去分析了前 100 名受歡迎的 TED 演講。這些演講能躋身前百大，靠的是他們在 TED.com 與 YouTube 上的綜合觀看次數，而它們迄今已經有逾 10 億人次看過。關於在本書中提到的優秀演講，我已經將它們都列在後方的「資源」處，同時在接下來的七個章節裡，我會根據講者何以能表現過人的分析結果，揭露他

們的祕密，以及不一般的手法。我會分享分析的數據來幫助你在未來做出更好的演講選擇。但我的分析資料不是用來規定你要怎麼做，而是要刺激你去思考自己應該怎麼做。遇到你現行做法和我推薦的最佳做法有出入時，你才是那個最知道該如何求同存異，讓全場為你動容之人。

在這本書裡，我還會統整我 24 年來協助領導者準備重要演說的實務經驗和案例，好讓你也能在自身領域蛻變為更好的講者。這些技巧會在與學術研究結論的結合下，讓你可以有信心也有所本地在演講路上成長。

口才進步的好處真真切切而且顯而易見。我的一名學員平日領導著一家全球性專業服務公司，而他談到了成為一名更好的講者改變了旁人對他的看法。

臺上 20 分鐘，臺下 20 年功

「我聽你演講已經 20 年了，但我從來沒有看過你有這樣的表現。我脖子後面的寒毛都豎起來了——它可不是你叫它豎它就豎的。我不是個好伺候的傢伙，而你卻徹底讓我刮目相看。」這話是馬提奧在走下溫哥華費爾蒙（Fairmont）酒店的講臺後，於他公司主辦的國際同業會

議上聽到的讚許。

馬提奧是那種會讓人忍不住想說出自己多愛他的領袖。他聽你說話時的那種專注與投入，是你平常只可能在夢裡遇到的強度。於公（為什麼公司應該追求市場區隔），於私（你另一半叫什麼和你幾十年前玩過什麼樂器），他都會記住你跟他說過的大小事。他不會動不動就把自己讀過哈佛的碩士博士掛在嘴上，反倒是一天到晚拿自己的缺點開玩笑：「不要說投籃了，我連想把籃球運到場上都做不到。」

馬提奧受人愛戴是應該的。只不過在溫哥華的那場演講前，大家愛的只是平日的他，而不是講臺上的他。在那之後，但凡你在他有幾十名員工的辦公室裡問起誰是他們在業內見過最強最有感染力的講者——就像我曾做過的那樣——最常被提起的名字就是馬提奧。他能打動人，而他經過強化的演說技術則改變了旁人看待他這位領導者的眼光。他對我說，「我一邊變成更好的講者，一邊蛻變得更加強大。」

馬提奧還接著說：

在一群人面前表現得得心應手，會產生一種光暈效應

——因為能在眾人面前如魚得水是一種相對稀有的技能。我發現聽眾會從這種技能出發，「以偏概全」地推演出某人在其他與演說無關的事情上也能力過人。也就是說，他們會因為我沒有在一大群人面前把簡報說得狼狽無比，就擅自認定我在我工作的其他方面也可以所向無敵。今天如果我不是上臺演講，而是執筆寫了一篇頭頭是道的分析文章（講得好像我做得到一樣！），那他們恐怕就不會輕易覺得我無所不能了。雖然他們遲早還是會發現我這個國王身上一絲不掛，但至少在被揭穿之前我的日子會非常好過。

　　你得花上數年——甚至數十年——才能建立自己的專業知識。但只要能讓全場動容，那讓旁人對你改觀，也讓你對你自己改觀，就只需要短短幾分鐘的時間。

專家矛盾

　　我見過太多講者在臺上施展不開手腳，原因就是他們辛勤耕耘的那樣東西，也是事實上他們一開始能上得了臺所依靠的那樣東西：他們的專業。

　　「以前我一定會考慮用你們這家公司，但現在你們被

我從清單上劃掉了，」南西跟我說在 1990 年代晚期一場由她同事負責的簡報完成後，有一名與會者在意見表上寫了這樣的字句。其他人沒有留下意見表，因為他們連寫都不想寫，就直接拂袖而去。這是怎麼回事？

這宛若一場災難的結果，有個非常普通的開頭。「我花了許多年建立我的專業。我想要提高自己在市場上的聲勢，好為我們的服務打開更多需求。你可以幫我辦一場演說活動嗎？」南西作為美國一家大型顧問公司的行銷總監，每週都會從合作夥伴處收到這種想要提升企業能見度的請求。她和她的團隊訂下了市區一處開會場地，邀來了滿場身價不菲的準客戶──正想為自家各種棘手問題找到務實解方的大企業經理人。場內高高掛起了公司的布條，訂好的外燴餐點也如期送達，拍攝工作找好了錄影公司，舞臺也完成了布置。萬事俱備，只欠專家在臺上使出他的三寸不爛之舌──那就是大家要的東風了。

但這位專家，卻掉進了專家矛盾（Expert's Paradox）的陷阱中。

聽眾來參加活動是為了聽取講者的專業知識，而專業知識又很矛盾地正好是專家與聽眾間最大的溝通障礙：

講者丟出了太多的技術性內容，秀出了太多張的投影片，唸完了太多條的子彈重點。砰、砰、砰，簡直沒完。

總結起來，這就是一場抽象的技術性理論多到滿出來，45 分鐘裡乾巴巴又單調的誦經課程。他像在 rap 一樣滔滔不絕吐出那麼多、那麼細的基本定義，不說你還以為他在邊講邊示範農用推土機怎麼開呢。更猛的是他連唸出自己的姓名，都能讓人覺得他跟自己不熟。

「除非講者答應我們先接受演講的專業訓練，否則這樣的活動我們再也不辦了。硬辦只會賠上我們公司的資源和口碑。」南西在電話中訴苦——順便想問問有什麼辦法——時，是這麼跟我說的。就這樣我踏上了自己的創業之路，而南西就是我第一個大客戶。我們從此就每年合作至今。

專家矛盾可以說無所不在。「幹活的時候窮盡所有可能性，會讓你成為高手，但演講的時候窮盡所有可能性，會讓你跌得頭破血流。」馬庫斯．柯農（Markus Koehnen）如是說。柯農何許人也？他在繁複的商業訴訟界中執業 29 年後，被派任為加拿大安大略省的高等法院法官。專家一個不小心，就會掉入專家矛盾的陷阱。這跟你從事的是科技、稅務、企業諮詢、法務、廣告、抑

或金融業，都沒有關係。

　　陪審團如何評估專家證人的可信度呢？研究顯示最關鍵的因素不是他們頂著多少傲人的學歷，也不是他們鼻梁上那副看起來就是讀書人會戴的眼鏡。真正的關鍵，在於清晰的條理。如果你是專家，那大家就會期待你能把複雜的事情解釋清楚[6]。很多人為了建立自己的專業，花費數十年歷經求學、實習、在職訓練的過程，但他們花在學習如何表達專業上的時間卻少得可憐。

　　下一步，會是非常值得你花時間去跨出的一步。跨出這一步，你就會從一位專家，變成一位大家都認可的專家。你將自此有辦法讓自己的力量獲得加乘，也讓全場的人因你動容。

第一章

把牆變小

「我快念完大一了，而愈累積愈多的學貸讓我非常擔心。要是想靠為數不多的技能賺到盡可能多的金錢，你會進哪一行，做什麼工作？」萊恩問我。

「我不知道耶……營建業嗎？」我瞎猜起來。

「業務，我進了零售業。我就是在零售業學到了『把牆變小』的重要性。」

萊恩為人有幹勁、外向，而且好強。他在一家鞋品零售商找到了一份以獎金為主的業務工作，那是一家會讓業務員穿上合成纖維裁判球衣的公司。「我記得我還沒報到就跟女朋友凱蒂說，『我要成為超級業務員。』結果我第一個禮拜業績多少呢？幾乎是零。我的氣焰一下子收斂了很多，但我也就此下定決心要成功。我跑去向資深的業務代表前輩求助。」他說。

萊恩跟我說他錯看了那名業代和她的銷售能力。跟他不同，她既沒有運動員的體格，也沒有大學學會會長的個人魅力。但她很聰明，而且對萊恩來說很幸運的是，她一點也不吝惜分享自己的建議。「你想把整面牆的鞋子都賣掉，難怪你會連一塊錢的業績都賺不到，」她這麼告訴他。

「是的，可我不想一塊錢都賺不到，請教教我該怎麼

辦，」他答道。

「我看過你在店裡的樣子。你會先跟客人小聊一下再跑進倉庫，回來時手中赫然是鞋盒堆成的高塔。」

他搖了搖頭。「我知道，我的模式好像是讓客人花半小時把所有的鞋子都試穿一遍，結果最後一雙都沒買，反而害我自己得花 15 分鐘把所有的紙團塞回鞋裡，然後把東西統統搬回倉庫。我得承認，我之前覺得妳瘋了。」他說，意思是他曾注意到她只拿少少的鞋子到客人面前。

「頂多三雙，」她說。

「妳怎麼知道要選哪三雙？」

「問得好，想要把一整面牆的鞋子縮小成僅僅三雙，就要靠問對問題：您打算怎麼穿這雙鞋？您有品牌偏好嗎？您的預算是多少？」說到這她給了萊恩一點空檔吸收思考，然後才又接著往下講。「一旦你知道這些問題的答案了，你也就知道該選哪些鞋子給客人挑了。」

她解釋說，若好的開始是成功的一半，那拿對鞋子就等於通過了一半的挑戰。至於另外一半，則是看你能不能使出我們會在本書後面介紹到的「強力訊息」。

萊恩學得很快。沒多久他已經是店裡排名第一的銷售員，而且那還是他靠僅剩的夏天就掙得的地位。他的客

人有七成會至少買一雙鞋，甚至有 5% 會買兩雙——這表現遠優於他想要把整面牆的鞋子都賣掉的第一個星期。

賣鞋不是我想表達的重點。我想說的是如何策略性地根據重要性選出對的點子放到聽眾面前。大學畢業後，萊恩加入一家年營收 500 萬美元的經銷商。五年後，公司的營收成長到 3 億美元，而你猜他們的業務拓展王牌是誰？又過了許多年，萊恩成了一家大型癌症專科醫院的專業募款人，並很快就在募款界闖出名號。把牆變小適用於各行各業，從政壇到小兒科再到智慧財產權，都有這心法發揮的空間。

想用口語來進行廣角的溝通，是非常沒有效率的事情。在臺上、在會議室、在視訊中，不知道有多少專家曾以為他們可以靠著一張嘴，就把「整面牆的鞋子」都賣出去。這麼做，就是搬石頭砸自己的腳。想要把大量的資訊傳遞出去，辦法有很多，出書是一個，寫白皮書是一個，製作備忘錄是一個。但演講絕對不是其中之一。來聽演講的人最不想要的，就是聽著一個手拿論文的人形機器人對他們唸經。無聊，是演講堂裡的大忌。

> "
> 想把人無聊死，把大小事情統統說一遍就對了。
>
> 伏爾泰
> "

演講一個很強大的功能，就是讓你的聽眾注意到與他們切身相關的重要觀念。要是你懂得把演講當成試吃活動，讓你的聽眾淺嘗到一小口你放在別處的大餐，那他們就會對你的其他提案和本領產生興趣。

你有所不知的品克

丹·品克（Daniel H. Pink）是個大師級的魔術師，而且特別擅長把東西變小——他懂得如何把牆變小，而所謂把牆變小，其實就是「建立需求」。

你如何激發人用創意解決問題呢？這是個很重要的問題，而這個問題品克有答案。隨著已開發世界從工業時代前進到資訊時代，專業人士愈來愈重視右腦的創意和解決問題的能力。只要能讓更多人精於此道，那我們就能朝著更繁榮永續的未來邁進。

　　丹・品克花了好幾年研究動機這件事，並把種種發現寫成暢銷書《動機，單純的力量》。他在書中總結了人類三種最核心的動機：自主、專精和目的。「科學所知跟商業所為之間存在著一種落差，」品克在他 2009 年根據該書所做的 TED Talks 演講《動機的謎團》(The Puzzle of Motivation）裡說道。

　　他是否上了臺，就開始照本宣科呢？不，曾經是美國副總統高爾首席文膽的他知道不能這麼做。他是否把三種核心動機都講了呢？不，他只挑了其中一種：自主。

　　他用深入人心的實例，說明了自主是怎麼樣的一種動機。他解釋說，偉大的靈感誕生於人們獲得自由去選擇要處理什麼問題的時候。Google 工程師可以花 20% 的時間研究他們想研究的課題。這種自主性的內涵包括他們可以自創團隊、進度、方法去突破他們想突破的難關。Google 大約半數的新產品都可以溯源至那兩成的自主時間，Gmail 與 Google News 就是其中的例子。

　　品克還補充了更多的例子，說明當你給人機會去為自己找路時，員工的生產力、投入程度，還有工作滿意度都會上升，唯一會下降的只有流動率。

　　「我知道你們有人會看著這一切說，『嗯，這話說得

是很漂亮啦，但太理想化了吧。』」天才的品克用這話示範了什麼叫預知聽眾的想法，並且將它轉換成下一個重點的楔子。在寬大的牛仔褲和紫紅西裝外套的襯托下，他用手勢傳達生動的訊息，也一舉區分開了科學所知和商業所為。「在 1990 年代中期，微軟推出了一款名叫 Encarta 的網路百科全書。他們動用了所有正確的動機，包括他們付錢請專家撰寫並編輯了數千篇的文章，同時還有待遇優渥的經理人在監控整個計畫，以確保 Encarta 可以在預算和時間內完成。」

他拿來跟微軟產品對比的是比 Encarta 晚幾年出發，而且沒有人從中領到一毛錢的另外一款網路百科全書，沒錯，就是所有人都只是做著玩的維基百科。

為了在最後做成他認為自動自發的動機要略勝一籌的結論，品克開始向聽眾中那些有著左腦偏見的人喊話。「不過十年前，要是你跑去跟任何一名經濟學家說，『嘿，我這裡有網路百科全書的兩種模式和兩種企畫——你覺得如果它們硬碰硬，誰贏？』我保證你在地表上找不到半個腦袋正常的經濟學家會選維基。」

如今的維基已經是有著全球知名度和熱度的網路百科，每個月的瀏覽量不下 180 億次。那 Encarta 呢？聽都

沒聽過，因為它早在 2009 年底就被腰斬。你問我怎麼知道？當然是上維基查的啊[7]。

要想不被品克的重點吸引並說服，實在很難。在 TED.com 的網站上，他的演講影片下方有一個連結可以點進去購書。我在想，在那看了演講影片的數千萬人當中，順便買書的人應該不在少數，理由很簡單：因為他們喜歡演講裡看到的樣本。至少我買了，而且我覺得自己買得很對。

把演講當成一場試吃。

致勝的角度翻轉

品克可以把鞋牆變小，把需求建立起來，你沒道理不行。問題是你得先問對問題。

講者經常在開始準備時捫心自問一個好像滿不錯的問題：我想說什麼？但這其實並不是個好問題。聰明的話，你就應該翻轉角度問道：聽眾想聽的是什麼？這種策略性的問題重新定位，可以幫助你找到聽眾真正關心的事情，進而讓你確定自己囊中有什麼觀念和法寶可以幫助他們。

在某些案例中，你會在開始籌劃演講時就知道自己的題目是什麼。但在其他案例中，你不會這麼好運。而不論知不知道題目，你都不能忘了從致勝的角度翻轉出發去考量聽眾的需求。有哪些問題可以幫助我們帶著自信地把牆變小，我們現在一起來看看。

💬 理論取向的一視同仁 vs. 實務走向的輕重有別

「為什麼你要花 40% 的演講時間談論跟臺下聽眾無關的架構？」我這麼問五名要對一群商界聽眾演講的客戶，他們的講題是商用不動產交易中的各種合資企業架構。

「這個嘛，因為正好是五種架構，而我們又剛好有五個人，所以我們就想說每人十分鐘，一人恰好介紹一種。」他們這麼告訴我。

「但你們不是說過這五種架構裡有兩種幾乎沒人用，而你們的聽眾又想要務實的解決方案嗎？」我說。

「是，但我們希望讓他們知道我們知道有五種架構，」他們這話等於承認了自己掉進了專家矛盾的陷阱。

「你們可以在投影片上秀出五種架構，這樣你們的目的就達到了。然後你們再解釋說最底下的兩種架構幾乎

沒人用，所以今天就略過不談。」我提出了建議。我同時還鼓勵他們向聽眾表示要是有哪位的處境比較特殊，用得上那兩種鮮少被使用的架構的話，他們很樂意另行提供諮詢。

想把牆變小，你該問的是：聽眾有著什麼樣的商業或專業目標要達成？這些都是眾人會公開談論的理性需求。以我的客戶為例，他們的聽眾想要得到務實的解決方案來盡快完成交易，並盡最大的可能避稅。

一旦我的客戶把發言的焦點縮小了，他們就能重新配置各自在演說中的定位，把原本要硬講那兩種冷門架構的時間回收，然後用更多的實務案例讓三種與聽眾有關的架構活過來。來自與會者的一則回饋是這麼說的：「引人入勝而且令人受益良多——我這次真是來對了。」

你該問的是：你的聽眾要達成哪些商業或專業上的目標？

💬 強到沒朋友

「我有一支才華洋溢的團隊，但一遇到要演講的時候，他們就一個個都卡在了戈迪安的繩結（Gordian

knots）*上，迷失在他們自身思想的蟲洞裡」，我的客戶從他在矽谷的座位上這麼告訴我。我們每個人都會因為跟自身的工作太接近，而難以將我們愛鑽的專業牛角尖跟聽眾真正在乎之事區分開來。史提夫和喬安娜也面臨類似的挑戰，而他們發現想走出這個死胡同，那些能讓牆縮小的問題就是出路。

他們針對北美的食品飲料產業進行了一項研究。他們把研究發現鋪排成一份精美的報告。再來呢？當然是進行研究的簡報。來到這個階段，許多思想領袖都會犯下一個錯誤，就是想交代整份研究報告，不漏掉任何一個問題、任何一筆回應、任何一張充滿設計感的圖表。但史提夫和喬安娜沒有這麼做。

科技業如果是兔子，那食品飲料產業就是烏龜。顯然食品飲料產業不是破壞性創新的溫床。那他們有什麼挑戰要面對呢？市場偏成熟、少數零售業者享有強大的控制權、需要衝高營收來彌補偏低的毛利。這些條件組合起來，怎麼看也沒辦法讓矽谷知名沙山路（Sand Hill

---

* 典出亞歷山大大帝的傳說，傳說中這個繩結從外部看不見繩頭，意指難解的結、棘手的問題。

Road）上的創投金主們垂涎三尺。

但史提夫和喬安娜還是對這產業感到興味盎然，並對產業中有哪些關鍵績效趨動因素（key performance drivers）的研究簡報躍躍欲試。但他們也沒被沖昏頭，他們的興奮是有方向性的：與其把資料一股腦地倒出來，他們選擇把重點放在產業勝利組共有的兩大共通點上。這裡我們先暫停一下。如果你有在食品和飲料企業裡工作過，那你就很難看到「兩大共通點」這幾個大字而無動於衷。你會忍不住想問：所以是哪兩個？

在兩人表明了美國規模最大的食品飲料業者也同時擁有最高的獲利後，他們便緊接著介紹了第一個主要的驅動因素登場：負債。享有盈利的大型企業是靠負債取得營運資金——同時間他們秀出了債務占企業總市值的比率。他們接著又介紹了第二個驅動因素：債務被投資在品牌、創新和併購上，而沒有被投入到不動產、廠房與設備（PP&E）上——這時他們秀出了 PP&E 占企業總市值的比率。接下來到簡報結束，他們說明了這些盈利的大企業具體是如何進行這些投資。

結果呢？聽眾極其買單，或者應該說聽眾聽得津津有味。「這場簡報真的太精彩了。喬跟史提夫太棒了——

內容很有料，發揮也很有創意。他們這樣會強到沒朋友喔。」他們的部門主管寫道。事實上這組搭檔強到聽眾中的食品飲料業者跑來邀約，甚至還有與會者寫信來問他們能不能把這場經典的簡報分享給同事。

史提夫和喬安娜讓人看到的是他們瞭解聽眾面對的挑戰，把牆上的產品限縮到呼應這些挑戰，並提出有資料佐證的兩項解決方案。

你該問的是：我的聽眾想克服何種困難？

🗨 雲霄飛車和下臺階

假如滿屋的牙醫都對吃了會蛀牙的糖恨得牙癢癢的，而他們又以為你是個賣棉花糖的生意人，這屋子你敢進嗎？這個比喻問的是：你要如何克服他人對你的成見？約翰・瓦瑞勞給出了答案。

「我的聽眾覺得我是他們的對手，但其實我不是。我是來幫助他們的。」瓦瑞勞作為「價值建立者系統」（Value Builder System）的創辦人跟我這麼說。他正準備上臺演講，而他演講的對象是一群協助企業主出售事業的企業顧問或併購專家。這些人之所以會感覺受到威脅，是因

為他們覺得瓦瑞勞的公司提供的產品會讓他們的服務變得過時。這種想法與事實不符。價值建立者系統不僅沒有要和他們競爭什麼，甚至於瓦瑞勞的這間公司和他的書，還可以助這些聽眾一臂之力。

為此瓦瑞勞擬定了一個給自己下的臺階。他在演說中納入了各種故事，且這些故事的主角正是跟臺下聽眾一樣的顧問、還有這些顧問的企業主客戶。重點是，在這些故事裡，顧問們個個是英雄。

「許多市調公司都是循著典型『三年不開張、開張吃三年』的現金流週期在埋頭前進。拿到案子、完成案子、拿到案子、完成案子。走在這條路上收入很難穩定，情緒更難穩定。這就是併購顧問的企業客戶所面對的困境。」瓦瑞勞一邊解釋著，聽眾裡開始點頭如搗蒜，因為他們發現臺上的講者完全講到了他們某些客戶所面對的難關。

他講述了一名顧問是如何引導某企業主將他的事業完成變身，從原本充滿變數的六位數營收一口氣變成了穩定成長的九位數營收。「這名女性顧問跟我們說，她的客戶表示，『我原本以為穩定的現金流跟企業的經營不可能共存。但靠著妳的專業建議，我從現金流的雲霄飛車

上下來了。如今的我在我覺得永遠不會出現財務自信和安心感的地方，感覺到了這兩樣東西。』」

瓦瑞勞打動了他的聽眾，讓他們從雙手抱胸的懷疑者變成團購他著作要送給客戶的追隨者。他能收服聽眾是因為他預期到了臺下的成見，並反過來利用這一點。成見既可分為負面和正面，也有真與假之別。摸清楚聽眾的成見是哪一種，然後準備好讓他們買單你的想法。

你該問的是：我的聽眾對於我或我的產品、服務或理念持有什麼樣的成見？

💬 校正與共鳴

如果世界級的大提琴家馬友友在紐約的茱麗亞音樂學院（Juilliard School）發表客座演講，他可以信心十足地假定來聽講的同學都知道半音音階是什麼。但如果馬大師要跟我談同一個話題，那他肯定會發現我是鴨子聽雷。所以說你在演講之前，務必要先考慮到你的聽眾對主題的背景知識到哪裡。只要這麼做，你就能提高自己找到頻率，觸動聽眾心弦的勝算。

你該問的是：我的聽眾對講題內建多少背景知識？

🗨 解決時間有限的問題

你是不是常聽到自己口中念念有詞「我沒時間……」？你心懷壯志想多完成一點什麼，但只要你也是個普通人，你就很可能會讓一年又蹉跎過去，卻還留有某些對你很重要的事情沒有做到，只因為你騰不出時間，又或者你只是主觀覺得自己沒有時間。

在她名列百大 TED Talks 的演講《如何掌控閒暇時間》(How to Gain Control of Your Free Time) 中，蘿拉・范德康（Laura Vanderkam）挑戰了聽眾的觀念，並針對如何在同樣的時間內完成更多目標給出了實用的建議。每年她的這場演講都能累積成千上百萬的觀看次數，只因為她提供的實用建議打中了許多人對自身的期許。

對自身的期許，或者說雄心壯志，是很重要的。我們的雄心包括想獲得某種歸屬感，也包括獲得旁人賦予的認同、肯定和地位。雄心壯志可以是極其私人的事情，所以你的聽眾不見得會公開討論，但他們不討論不表示你就可以不考慮或不處理這一點，事實上，不論直接或間接你都應該考慮並處理聽眾對自身的期許。

大致上來講，TED Talks 的百大演講都屬於勵志類

——各種標題是《相信你可以進步的力量》、《發問的藝術》和《令人意想不到的幸福科學》的演講都是例子。這些演講會受人歡迎，不是沒有原因的。歷史上一些最偉大的演講都很勵志，像是馬丁路德金恩的《我有一個夢》(I Have a Dream)、甘迺迪總統的《人類登月》(Man on the Moon)，乃至於二戰名相溫斯頓‧邱吉爾的《他們最光輝的時刻》(Their Finest Hour)。

你該問的是：聽眾對他們自身有什麼期許？

🗨 所費不貲的七個字

隨著組織規模的膨脹，其政策和行政程序的數量也會增大。創造政策不難，但法規遵循不易。你要如何說服一間銀行去確保他們的員工都完全遵守文件的留存和內部銷毀政策？一位我指導的精明訴訟律師選擇利用恐懼趨避的人類欲望去跟金融機構內部的法務和風險控制人員談話。

「『汽車之家（ Autohome Inc.)*真是屎！』這七個字

---

* 在紐約證交所上市的中國汽車銷售網站。

讓美林證券（Merrill Lynch）付出了 1 億美元的代價。」這名訴訟律師指向了投影片上的一句引言說道。「這幾個字被發現出現在一封由美林分析師撰寫的電子郵件裡，當時他剛出具了一篇研究報告解釋何以這檔屎一樣的股票可以被評為『買進』。」[8]

這下子訴訟律師引起了臺下金融從業人員們的注意。想避免被罰 1 億美元的欲望具有很強大的推力，更別提沒有哪個金融業者想在輿論之間顏面盡失，畢竟沒有人想登上汽車之家事件見報後的頭版頭條。在成功讓聽眾想要有所行動後，臺上的訴訟律師才不疾不徐地開始傳授他們各種武裝，包括能強化文件銷毀的法遵實務，還有一些實施面的小技巧。

你該問的是：聽眾恐懼什麼──他們只會私下跟親密好友透露的害怕是什麼？

🗨 以小搏大

這些年來我聽不少客戶說他們的目標是演講能變得更加簡潔。他們往往一個不小心，就連珠炮地說了好幾分鐘，詳述他們想要如何簡潔。把牆變小有助於你省略

那些聽眾不需要聽到的大量細節，也有助於你贏得更多案子。

「翻翻這些，」愛黛兒（Adele）說著把一疊提案推過桌面到我面前。我們所坐的地方是她的角落辦公室，那兒有一張自備的會議桌，可以想像她的會議之多，讓天后四處跑去會議室赴約根本超浪費時間。所以實際狀況是愛黛兒不動，別人來找她開會。這回她針對一個大型活動對外邀稿，並收到了五家業者的回覆。

「你有沒有第一眼就注意到什麼？」她問起在翻閱資料的我。

「每本都厚的跟什麼一樣，只有一家例外，」我邊說邊抽出了較薄的那份企畫。

「我只讀了薄的那份提案，因為那是專門為我寫的。其他的都是照本宣科。要是我想讀制式的樣板文章，我自己上他們的網站就行了。」她沒好氣地念叨起來。

我發現她在這本為她量身訂做的提案裡劃了些重點，還摺出了幾處「狗耳朵」。「這讓我想起不知道是富蘭克林還是馬克吐溫說過的一句話：『可惜我沒時間，不然信就寫短一點』。」我說。

> **我沒有成功的公式，但我可以告訴你怎麼做必敗無疑：討好每一個人**
>
> 赫伯特・貝亞德・斯沃普（Herbert Bayard Swope）
> 史上第一位普立茲獎得主，「冷戰」一詞的首創者

「她肯花時間——只有這家供應商給我打了電話，跟我討論提案邀請書的內容和我確切的需求。用心是看得出來的。她勾勒出的提案完全是我要的東西，我打算用她。」

想脫穎而出，就要廢話少說，對的事情多說。

第二組濾鏡

把牆縮小其實分兩個步驟：第一個步驟是判斷聽眾需要聽什麼——也就是我們上面介紹的那些，然後第二個步驟是考量你的溝通目標有哪些，這部分我們接下來會探討。

● 修飾，是為了什麼？

有時候客戶會告訴我他們的內容已經準備好了，只是希望我能協助修飾一下。而在跟客戶一起彩排之前，我都會先問一個問題：「你希望聽眾在聽了你的演講之後去做些什麼？」我最常聽到的回答是：「呃……我沒想過耶。」這些人都是經驗豐富的職場老將，所以我以前聽到這種答案時會有點發楞。大部分人在有時間細想我的問題後，都能用逆向工程的方式，從他們的演講草稿裡反推出一個答案。不過對真正有規劃的講者而言，這個問題應該在擬稿之前回答。

「（我希望他們）把案子給我，」是僅次於「呃……我沒想過耶」我第二常聽到的答案。至少這是我在陪要簡報「如何進行不良資產併購」的凱文演練前，他告訴我的答案。「你實際上有過推動這類併購案的經驗嗎？」我在他走完簡報內容後這樣問他。他說他有。「姑且問一下，問了比較安心，」我跟他說。

凱文站出來氣勢相當夠，畢竟他超過 190 公分的身材光影子就比別人長，更別說他還有長達數十年來打理數十億美元規模的交易帶來的自信護體。他眉頭未老先

衰就冒出來的皺紋，硬是又加深了一點，顯示出他不知道我說安心是什麼意思。

「你整個聽起來就像是以學問見長的教授啊。為什麼不多少搬一點你經手過的實際案例出來彰顯時機或談判策略的重要性呢？」聽了我的建議他從善如流，果然效果好得跟什麼一樣，簡直跟先前判若兩人。

在他演講的最後，一名客戶從聽眾中走向了他。「我們合作了幾十年，凱文，我竟然都不知道你做過這類的併購。老實說我們此刻手上正好有這樣的案子要做，原本我是要給別人的，但現在就看你要不要，要就給你。」到手的熟鴨子，凱文當然不會讓牠飛了。

如果你也希望自己可以講著講著就有案子送上門，那你就不能只讓你的聽眾知道你說得一嘴好專業——你還得讓他們知道你確實有用專業幫助其他人成功達到目標的經驗。就算你不大刺刺地推銷自己，你也總是會希望在某個點上得到聽眾不一樣的反應。不論是哪一種情形，能在擬稿前想清楚自己想讓聽眾產生什麼回應，對你都是有幫助的。

你該問的是：我希望聽眾聽了我的演講後有什麼反應？他們需要知道什麼才會有動力照我的意思去做？

💬 改變你改變事情的辦法

　　不知道你是否有過率領團隊進行變革的經驗？要是有，你就會知道那有多辛苦。也正因為如此，我才會有點驚訝地聽到路克以全球四大會計事務所之一的人資主管身分說出這樣一句話：「變革的管理並不困難。」靠著這麼大的口氣，他吸引了我的注意力。當時他正趁著休息時間對四五名同事高談闊論，而他們之所以湊在一起，是因為有一名同事在多倫多市區的愛德華國王酒店進行演講的彩排。

　　路克頂著一頭厚度不輸安全帽的灰髮，左右臉上鼓著經年累月，由一塊塊牛排的蛋白質所撐起的紅潤豐頰。「你只需要讓現狀夠不舒服就行，」他說著伸出了左手，朝天空扭動起手指，「然後提出一個夠有吸引力的替代品，」他邊往下說邊用右手也做起跟左手一樣的動作，「讓人願意從現在的位置移動到理想的地方，」他同時比畫起了左右手，像是在強調現在位置和目的地的距離。

　　問題是，你要怎麼讓人覺得現狀夠不舒服呢？這個問題拿去問名人主廚兼食物活動家傑米・奧利佛（Jamie Oliver）就對了。他結合了數據和故事，在 2010 年 2 月贏

得了 TED 獎：「一個一年一度的現金獎項⋯⋯頒贈給具有前衛思想的個人，肯定他們提出新穎且大膽的視角，點燃全球性的變革。」[9]這個獎的得主還能得到一項額外的好處：有機會登上 TED Talks 的主舞臺。

最終在主舞臺上，奧利佛的講題是《讓食物成為每個孩子的必修課》(Teach Every Child about Food)。他首先走到身後螢幕的投影資料，上頭顯示著美國的頭號殺手沒有別人，正是與飲食脫不了干係的各種疾病。然後他又轉身走到聽眾面前去挑戰他們：「包括我們在內的近四代成年人，都送給了我們的下一代一個『大禮』，那就是比起上一代人更短的壽命。」他對臺下聽眾表示他們孩子的預期壽命會比自己少十年，而這都要歸咎於現代人身處的食物環境。

身穿袖子捲起的格子襯衫並頂著一頭高高的亂髮，奧利佛並沒有就此收手，而是繼續火力全開地跟現場聽眾分享更多的壞消息：在場有 2/3 的人——作為美國人的抽樣——是胖子。這可不是這群當慣了空中飛人的全球性菁英想聽到的事情，但他已經下定決心要發起食物革命，也決心要讓這群「有權有勢」的聽眾動起來。

光是資料並不足以激發出真實案例能帶給我們的

感受。為了讓這巨大的悲劇增添點人性的色彩，奧利佛播放了一段他本人和他朋友史黛西·愛德華茲（Stacy Edwards）對話的影片。史黛西是西維吉尼亞州杭亭頓市一名兩個孩子的母親。「史黛西已經盡力了⋯⋯但家裡或學校都沒人教過她下廚。他們一家都是胖子。我們看到賈斯汀才 12 歲，就已經將近 158 公斤。他在學校被欺負得可慘了。」奧利佛的語速和動作都愈來愈快，口氣裡則融合了擔心、憤怒與決心。他指回螢幕，上頭如今是史黛西四歲女兒凱蒂的照片，還沒上小學的她已經是個小胖妹了。

奧利佛接著放了一段影片，是他和史黛西在愛德華茲家的廚房餐桌前坐著，桌上堆滿像座小山的食物，那是愛德華茲家一週的儲糧：義式臘腸披薩、熱狗、薯條、鬆餅⋯⋯。「我希望我的孩子能成為人生勝利組，而我這樣根本是在扯他們後腿。我等於是親手在摧毀他們。」史黛西哭著說。奧利佛環抱住她的肩膀。「沒錯，妳是在摧毀他們。但我們可以停止這一切。」他要她放心。

奧利佛賦予自己的使命不是說教、貶低他人、抬高自己。他的願景是拯救生命，是充實學生的食物教育和啟發家庭重拾自炊的習慣，並希望能藉此給予肥胖迎頭

痛擊。在他作結時，全場為之動容地起立鼓掌，這是他不訴諸感性就不可能做到的事情。

若你也想感動全場，就得善用情緒這支槓桿。像奧利佛就很清楚他得借助情感的力量，才能讓人追隨你的革命——或起碼加入你的晚餐。

你該問的是：我希望聽眾在演講中跟演講後有什麼感受？

把牆縮小對你準備任何狀況下的演講，都非常重要。但一定要說的話，把牆縮小對要在線上演講的你格外重要，畢竟比起現場的聽眾，線上的聽眾更容易分心或放空。

如今，你既已懂得如何縮小你的打擊範圍，我們就可以翻開下一章，進入內容打造的時間。

第二章

打造觀點的箭囊

想打動全場，首先你得融入現場。而最容易把你搞得心不在焉的東西，就是你的小抄。把所有重點寫下來並帶到臺上，是一種讓人難以抗拒的誘惑。這我明白。畢竟處在壓力之下，人都會下意識地想要讓筆記幫自己一把──畢竟寫都寫了嘛。只不過，一如我見過太多像機器人一樣唸稿的理科講者把並不困難的定義原封不動地唸完，他們甚至連自己的名字都沒辦法自然地講出來，由此可見這種看似安全的做法其實帶著很大的風險。當然筆記本身不見得是問題的癥結，我們怎麼使用才是。

你要如何安排內容的架構，並善用筆記來讓你更容易記住自己要講些什麼呢？很簡單，你需要打造一個你專屬的觀點箭囊。

想像一下，你左手握著一把箭，右手握著弓和韁繩，你得這樣邊騎馬邊追逐獵物。這是最頂級的騎士才能勝任的工作。對我們一般人而言，更好的做法是用容器把箭裝起來──就是所謂的箭囊──這樣我們就能大大提升自己射到獵物並養家活口的勝算。你要是也在演講時準備一個箭囊來盛裝你要分享的重點，那你就能更輕鬆地記住它們，並在演講中需要時順手捻來。

觀念箭囊裡包含一系列的口袋，現在就讓我們一個

個來介紹，並瞭解一下它們裡頭都要裝些什麼。

震撼的開場

　　一場以上市公司董事會性別多元化為題的演講，你要怎麼開場？艾莉森在 2018 年的春天遇到了這個問題。作為一名行銷主管，艾莉森可以說是內外兼具——外在的部分包括她收藏了許多可以用來走紅毯的女鞋，但同時她也自稱是個搞笑咖。只不過要是事情牽涉到推動女性打入領導層擔任更有權力的角色，她就會變得不苟言笑。在她的帶領下，艾莉森的公司進行了一系列研究來追蹤全美各產業和各地區的董事會性別多元發展。而她這回要演講的，也正是這系列研究的報告，她希望能有個石破天驚的開場。

　　「我最近跟一個朋友聊天，他說在 1992 年一個冬天早上的觀眾席裡，他有幸能和商學院同窗一起聆聽加拿大一家大型上市公司的女性董事講話，」艾莉森對座無虛席的全場資深女強人們說。「在問答階段，有人問起董事，『我們怎麼知道我們在讓女性打入高層的努力上有了進展？』結果她毫不猶豫地回答說，『哪天不再有人問我

在上市公司當個女性董事是什麼感覺，而只是問我當個
董事是什麼感覺時，我們就算是跨出了一步。』」

表面上，艾莉森起的這個頭並沒有什麼大不了的，
但其實這是個很精彩的開場。靠著這段話，艾莉森開啟
了一場對話，並從一開口就讓人累積起期待。要知道對
話般的氣氛和臺下的期待感，都不是一般人能靠一個開
場就營造出的東西。

那一般人是怎麼開場的呢？他們會把小抄上可有可
無的重點唸一遍：感謝今天有機會前來演講；感謝司儀
的美言；今天很榮幸能來到這裡；還有一些跟講題本
身無關的交代事項；今天的內容很豐富所以我們廢話
不多說……這一套說詞有什麼不對嗎？其實也沒有。但這
是不是浪費了一個展現氣勢的機會呢？當然是。

震撼的開場需要符合以下的條件：讓你和現場融為
一體（這種開場會推著你去跟聽眾對話，讓你眼裡只有
聽眾而沒有小抄）；讓你在聽眾心中埋下期待感；要與你
設想的目的相符合。集這些特色於一身的開場，就算是
能讓你抓住全場的震撼開場。不用擔心你沒有讓人聽了
嘴巴闔不起來的勁爆內容，有的話可以加分，沒有也無
傷大雅。

　　TED Talks 的百大演講在開場上可說是八仙過海，各有千秋。下方我們整理了他們的選擇，作為你一鳴驚人的參考。

TED Talks 百大演講的開場工具分析

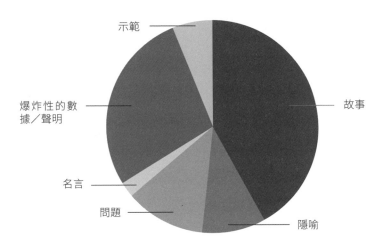

示範
爆炸性的數據／聲明
名言
問題
故事
隱喻

　　震撼開場很重要的一點，是要以連結作結，由此連結而去，便能聯繫到下一個口袋：演講目的的陳述（主題的宣告）。對於那個女董事被問到的問題，艾莉森的回應是：「進步是看得見的，至少那名女董事如今已貴為董事長。而今天我想談的是根據研究，我們有進步（和沒有進步）的是哪些地方，乃至於我們可以做些什麼去支持

女性在上市公司董事會裡的發展。」

你會發現好的開場，都是在備稿的最後階段才想出來的。因為備稿到最後，你才會更清楚自己在開場要介紹的是什麼——能更把開場做在重點上，也順便可以降低沒有靈感，寫不出開場的風險。

開場的重點有三個：啟動臺上臺下的對話，讓演講之人融入現場，建立臺下聽眾對你後續演說的期待。

目的的陳述

這部分就是看你如何自行定義：你演講的重點是什麼？你承諾要帶領聽眾踏上一條什麼樣的旅途？

艾莉森的目的陳述就是剛剛那一句：「而今天我想談的是根據研究，我們有進步（和沒有進步）的是哪些地方，乃至於我們可以做些什麼去支持女性在上市公司董事會裡的發展。」

2007 年 1 月 9 日，賈伯斯在舊金山的蘋果世界大會（Macworld）上介紹了蘋果當時最具劃時代的產品。事實上，在介紹過程中，他告訴聽眾他準備了三款革命性的產品。臺下的與會者報以熱烈的掌聲、口哨和歡呼聲，

迫不急待地看著他一一宣布這些產品：其一是寬螢幕的觸控 iPod，其二是一款革命性的行動電話，其三則是一種突破性的網路通訊裝置。「只不過，這三款產品不是獨立的三個裝置，而是一個裝置，我們給它的名字是，iPhone。」在又一波掌聲爆發出來後，賈伯斯開始了他的目的陳述，「今天，是蘋果重新發明電話的日子，而這，就是我們發明的新電話。」[10]

諷刺的是，他的這個新發明產生了一個意想不到的副作用，搞得我們所有人都不得不開始學習成為更好的對話者。記者瑟列斯特・赫莉（Celeste Headlee）先強調了這一點，才陳述了她在 TED Talks 百大演講《提升對話的十種辦法》(10 Ways to Have a Better Conversation) 中的目的：「所以我想要用接下來的大概十分鐘教教大家怎麼說話和如何聆聽。」

你的目的，一定要陳述清楚。

關鍵訊息

關鍵訊息所提供的路徑圖，可以作為你整場演講的骨架——你要如何達成你為這場演講設定的目標。你不

需要一開始就把這張路徑圖昭告天下，但你內心一定要對這張路徑圖胸有成竹。

在雪柔・桑德伯格（Sheryl Sandberg）的百大演講《為什我們的女性領導者不夠多》（Why We Have Too Few Women Leaders）中，她倒是一開始就揭露了自己的關鍵訊息。「我今天的演講想談的是如果妳（女性）真的想留在職場上，妳真正該知道的事情有哪些，而我想這包括了三點。第一、妳要和大家共享同一張桌子。二、讓妳的伴侶成為真正意義上的夥伴。還有三，不要人還沒走心已經走了[*]。那麼首先關於第一點，共享一張桌子⋯⋯」

決定正確的關鍵訊息沒有你想像中的簡單。你可能要有來回推敲和反覆琢磨的心理準備。值得一試的一個辦法是在目的陳述的最後問自己一聲「為何？」或「如何？」，也就是為何選擇這個目的，跟要如何去闡明這個目的。這麼一來，你初版的關鍵訊息就可望熱騰騰地出爐。

舉例來說，假設我想用一篇簡短的演說來鼓勵你考慮從事風帆運動。那我可以捫心自問：為什麼是風帆？

---

[*] 這三點分別代表：女性要有自己的能力和不輸給男性的自信；雙薪家庭中不該總是妻子做出工作上的犧牲；不要一有了離開職場的打算就提前變得退縮。

1. 掠過海面讓人心曠神怡。

2. 風帆能讓人以嶄新的方式享受自然之美。

3. 風帆運動有挑戰性，能帶來成就感。

　　請注意這些關鍵訊息都互不相容。訊息有所重複會阻礙你的溝通。比方說，要是想鼓勵人們多跟朋友聚餐，你可能會給出的理由如下：聚餐可以鞏固關係、培養友誼、增進彼此的瞭解。但這三點嚴格講都不夠具體，都有相互重疊之處，所以你想進行的溝通就會不夠清楚。

　　如果你的目標是說服人，那你就要把最有說服力的觀點放在前頭。你愈快讓聽眾同意你，對你愈有利。我真的希望你能學會風帆，而我想如果我能多講它好玩的點，你就愈有可能被我打動。

　　但當然凡事都有例外。假設你的重點需要經過邏輯推演才能讓人理解，那你就不該立刻把最有說服力的點丟出來。我曾經當過我兒子少棒隊的助理教練五年。在教小朋友打棒球的時候，我學到很重要的一課是要用正確的順序解釋各個步驟。例如，想把球打得扎實，打者必須先建立站姿，然後再蓄積力量，最後才是轉動腰臀……要是還沒有把運動姿勢建立好，那轉動腰臀也沒有

什麼意義。今天如果你是想解釋資產抵押證券可以如何被用來募集資金，也是相同的道理。

◉ 演講裡需要包含多少的關鍵訊息？

一般而言，你看到某位講者的演講內容鉅細靡遺，那就代表他不懂得縮小牆壁。作為起點，你可以鎖定三到四個關鍵訊息——再多你就 hold 不住聽眾了。

三個重點的模式能夠歷久彌新不是沒有原因的。千錘百鍊的三重點架構可說千變萬化，當中包括最基本的故事弧線：起頭、中段、結尾。從很小的時候，我們就會接觸到以三個為一組的各種觀念，像是大中小、SML。各種組合總有一種無三不成理的節奏，只有兩個重點的清單總感覺少了什麼，也難怪如果某種明細果真只有兩點，我們都會在後面補上一個「以此類推」或「等等」來湊數。

布萊恩‧史蒂文森（Bryan Stevenson）的多重身分包括律師、社運分子、還有公益團體「平等司法倡議」（Equal Justice Initiative）的創辦人。他在刑法體系內協助窮人和少數族裔對抗偏見，相關的努力令他享譽國際。史蒂文

森除了奉獻精神可佩之外，也是一名聰敏且具感染力的講者，有很多值得我們學習之處。具體而言他有四點成就非常令人稱許。

在他以改變世界之人的身分受邀，發表名為《只做容易的事情創造不出正義》（You Don't Create Justice by Doing What Is Comfortable）的谷歌時代精神（Google Zeitgeist）系列演講中，史蒂文森一開始就用數據讓我們體會到問題的嚴重性，並說明為什麼我們應該重視世間的不公不義。接著他述說了四件聽眾做了就可以遏止現狀惡化並改變世界的事情：接近問題、改變論述、懷抱希望、走出舒適圈。

你的關鍵訊息不需要在不經解釋的狀況下被單獨瞭解。史蒂文森的就不見得都能一目瞭然——我們不見得能猜到什麼叫「接近問題」，但重點是我們聽完演講後會恍然大悟。

你可以有五個關鍵訊息嗎？可能吧。百大講者朱利安・崔久（Julian Treasure）在他《讓你更懂得傾聽的五個辦法》（5 Ways to Listen Better）演講中，給出了五個簡單的練習。[11] 但他的關鍵訊息和支撐關鍵訊息的內容之間，有著一個極其扭曲的比例，以至於他想表達的觀點變得

非常單薄且少了些記憶點。

我說這些東西是「關鍵」訊息，是有原因的。這些訊息是否有關鍵到你必須透過它們實現你演講的完整目的呢？如果答案是肯定的，而你又發現自己手握六個以上的關鍵訊息，那就請你將這些訊息上升到一個較高的層次，然後將它們加以整併，等你在演講的過程中再解壓縮，就像從大俄羅斯娃娃中取出小俄羅斯娃娃一樣。

◉ 關於演講路徑圖，你應該一開始就攤牌嗎？

一旦你有了關鍵訊息可以框住你的發言內容，你可能會想到的下一個問題，就是自己該不該一開始就一口氣把要傳達的訊息告訴聽眾，還是你應該一邊演講再一邊逐個宣布？一開始就把關鍵訊息條列出來的好處如下：

清晰：條列出關鍵訊息會讓聽眾更能預期你要帶他們去哪裡，也能讓他們更好地掌握你整體故事的架構。你的演說內容愈是複雜，演說結構就愈是重要。

配速：在第一點、第二點、第三點……後面暫停可以讓你不得不放慢速度。大多數人都有在演說一開始語速

頁置頂

過快的問題，主要是一開始人都會因為緊張而有點暴衝。條列的數字可以充當你此時的煞車。

精要：當你在條列訊息時，你會不自覺地在腦中整理起稍後的內容，而這個梳理的過程就有助於你的演講更為言簡意賅。

決心：喊出確切的數字來清楚條列出你的重點，會有一種讓你演說起來更不猶豫、更有魄力的效果。不妨試試。

信心：你會更相信自己有能力記住你想說的事情。

以上種種都有助於你在聽眾的心中培養出信心。雙贏。只不過天底下沒有什麼是完美的，依序條列出演講路徑圖也有一些缺點。這麼做會讓你聽起來正經八百——至少我在姪女的婚禮上致詞，不會把她為什麼是個好女人一一條列出來。條列重點的一項風險是你會讓人覺得你在套公式。不夠扎實的內容加上被看透的架構，會讓你的演講感覺非常業餘。萬一你是活動中一系列講者的一員，而其他人全都依序條列了他們的演講路徑，那現場可能會出現一種目睹了內幕而對演講幻滅的氣氛，而這也解釋了為什麼在 TED Talks 百大演講中僅不到 1/4

採用了桑德伯格這種透明的架構。

如果你的內容很有料，那聽眾就不會太在意你的演講結構，甚至會頗感激能預先知道結構，因為心裡對架構有底就不會聽得措手不及，也就能好好消化你的演講內容。世上最頂級的餐廳仍習慣把菜單分成前菜、主菜和甜點，但真正能讓人回味再三的不是餐廳的菜單多一目瞭然，而是他們的食物和服務。要是你能成功融入現場，以聊天的口吻建立起臺下對你演說的期待感，那聽眾就會等不及想追隨你踏上旅程，不會在意他們手上有沒有一張編好號的路徑圖。

讓關鍵訊息擔綱你演講的框架。

用強力訊息支撐內容、坐實內容

這部分是如此之重要，我打算把下一章全部拿來談它。在演講的這個階段，你要把關鍵訊息展開來談。布萊恩·史蒂文森的做法是用一個主要的故事去一一突顯他四個解決方案的重要性。他就是靠著解決方案與故事的結合，成為一位讓聽眾折服的強大講者。要是這本書只能說服你聽一場演講，那把這額度用在他的谷歌時代

精神演講。他的重要訊息既有精妙的架構，也有強大的
內容。

把區塊連接起來

過場就像肌腱，可以把相互獨立的關鍵訊息連結起
來。

在風帆的例子中，在「風帆很刺激」那一段講完最後
一點後，我可以接著說「掠過水面的感覺本身就很令人
興奮，尤其是如果你選對地點的話，所以接下來我要談
的就是……」

過場可以加分，但不是絕對必要。有時候演講子題
的說變就變，可以很有效地把聽眾的注意力抓回來。要
是你選擇了把段落排序，那麼你也可以講完一段就宣布
下一段，就像史蒂文森那樣。「我們——就算咬牙勉強自
己——也非做不可的第四件事，是要走出舒適圈。」

如果你的過場太順又太多，那會產生的一個風險是
你會被覺得油腔滑調。為了避免這一點，你在使用過場
時要有所取捨。

將內容統整起來

你衷心希望聽眾帶走的三大或四大重點是什麼？你對這個問題的回答會讓你知道該如何濃縮出一個概要。你可以利用一些簡單的語句來讓聽眾知道你要開始結尾了，例如「讓我幫大家整理一下」、「簡單講就是」、「總結來說」或「要是你希望這場演講可以不虛此行，我希望大家一定要記住以下幾點……」。

要是你打算在講完之後接受發問，你可以在前面那些句子前再加上「在我讓大家發問之前……」，這樣那些躍躍欲試的聽眾就可以有個心理準備。給他們這點提示的好處是可以避免開放發問時出現一段尷尬的冷場，我們之後會再詳述問答時間的細節。

要是你講的主題比較輕鬆，時間也比較短，那你就可以跳過總結的部分。但如果你講的是比較技術性而且有一定長度的演講，那總結肯定可以幫到你，只不過這麼做的人要比你所想得還要少。很多時候講者都沒有時間總結，因為他們忙著把包山包海的細節都交代一遍——他們不懂得要把牆變小。但你不會有這個問題。

在發表長時間的技術性演講時，記得要提醒聽眾你希

望他們帶回家的重點。

讓收尾展現力量

　　還記得艾莉森嗎？她在她支持女性成員進駐董事會的演講中才一開頭，就提到了一個問題：當個女性董事是什麼感覺？算是回答這個問題，她在演講尾聲將《紐約客》(*The New Yorker*) 雜誌 2017 年 4 月 3 日的封面放到屏幕上，並對聽眾發問說，「我們在此看到了什麼？」[12]

　　「一堆外科醫師，」有人叫了出來。「是，」艾莉森說著轉過身去，望向了螢幕上的封面。「還有呢？」封面上的圖畫顯示有四名外科醫師戴著口罩和手術帽在往下看，而讀者的角度就像是人躺在手術臺上仰望他們。創作的法國畫家瑪莉卡・法夫爾（Malika Favre）曾說，「我想捕捉的是那種有人看著你失去意識的感覺。」[13]

　　「四名外科醫師都是女性，」另外一名聽眾表示。

　　「沒錯，就是這樣。這期雜誌的主題是醫療與健康，不是性別，」艾莉森說。「清一色是女性的四名外科醫師，在一期和性別無關的《紐約客》裡。我想我提到的董事也會同意這是一種進步。至少許多外科醫師都覺得這是

一次值得歡呼的突破。南西・巴克斯特醫師（Dr. Nancy
Baxter）作為多倫多聖邁可醫院的外科主任說，『看到自
己以醫師的經典樣貌登上《紐約客》的封面，真讓人覺得
激動。」她和世上成千上萬的女性外科醫師都把那張封面
複製到社群媒體上發布，並附上了 #IlookLikeASurgeon
（外科醫師就長我這樣）的標籤。[14]

　　藉由這張封面，艾莉森像是用兩個書擋框住了她的
談話，讓這場演講的開始和結尾發生了共鳴。這種手法
增添了演說內容的對稱性，讓聽眾感覺到演講的有始有
終。尤其是如果你能在最後用一個答案去回填最初的問
題欄，那就真的再好不過了，至少艾莉森就是這麼做的。

　　演講的結尾非常適合你重新檢視自己要如何回答那
個問題：「你希望聽眾可以因為聽了你的演講，而去做些
什麼？」很多時候你會脫口而出直接呼籲觀眾。百大講者
中有 40% 都是用行動號召來收尾，所以你也可以照辦。
在某些例子中，這些號召是用明講的，譬如：「請每天冥
想十分鐘。」

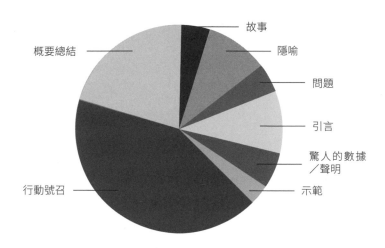

為演講結尾的工具：百大講者的選擇

故事

隱喻

問題

引言

驚人的數據／聲明

示範

行動號召

概要總結

　　但有時候拐彎抹角的力量更大。與其讓聽眾感覺你像是個「賣家」在對他們宣傳什麼，你也可以想辦法把權力放到他們的手中，讓他們有機會成為向你採購的「買家」，就像百大講者之一的安迪・帕迪康（Andy Puddicombe）曾在他的《十分鐘的正念就足夠》（All It Takes Is 10 Mindful Minutes）演講中示範過。「這就是冥想，就是正念所含有的潛力，」他說道。「你不需要燒任何薰香，更不用席地而坐。你需要的只是一天抽十分鐘出來退後一步，讓自己跟此時此刻的當下培養一下感情，這樣你就能在生活中體驗到更多的專注、平靜和清澈。」

當然啦，要為演講做個結尾，辦法有很多。左頁我們整理出了百大講者在作結時的各種選擇。

◉ 自己的演講自己結

不論你打算怎麼做，一定要遵守的原則是把演講結束在自己手裡——不要讓演講在影片中結束，而要在你嘴裡結束。把最後的發言權讓給螢幕，你一定會後悔。充分利用機會在最後看著聽眾們，不論是把你的想法再說一次或是請他們採取行動都好。你不是不能在作結時放影片，但你萬萬不可把影片放到完，你一定要留好重要的訊息在演講的最後親口說出。

在我所舉的風帆例子中，我可以放一段拍攝於加勒比海紫膠灣（Lac Bay）的風帆玩家影片，聽眾的視角將從白色沙灘拉到土耳其藍的熱帶海水上，直到一名風帆的初學者滑入畫面，而她臉上樂不可支的驕傲像是在說：「哇噢，我真的在玩風帆了！」，一切盡在不言中勝過我說千言萬語。然後我會告訴你，人活著最快樂的事情就是學習新技能時的成就感，並在最後問你一句，「你上次學東西學得那麼開心，而且周遭的一切如此美不勝收，

是多久以前的事了？」我可以就停在這裡，也可以鼓勵你上 ABK Boardsports.com 的網站去找找靈感，看看世上有沒有你想去開開眼界，讓自己更感覺活著的地方（我跟 ABK 沒有關係，這也不是業配，我只是一個單純的風帆玩家而已……）。

演講收尾時請謹記：平衡和清晰。

Add
Power
Messages

第三章

加入強力訊息

樓臺上的英雄

想像你已經當了七年的美國總統。在這七年當中，美國歷經了房市危機、經濟衰退，和最終的復甦。如今你有機會透過電視對上億的美國民眾談論國家的狀況，你會說些什麼呢？

合理的做法會是引用數據：就業增加了、債務減少了、消費者信心變強了。這些資料不是不重要，但大數據給不了人實感，一連串的數據很乾、很無聊。要讓你的重點和人產生共鳴，你可以嘗試聊聊明尼亞波利斯（Minneapolis）的瑞貝卡和班・厄勒（Rebekah and Ben Erler），至少還在美國總統任上的歐巴馬是這麼做的。

在他 2015 年的國情咨文演說中，歐巴馬解釋了在七年前，瑞貝卡和班是新婚夫妻加新手爸媽。金融危機一來，班的營建工作頓時消失無蹤，而瑞貝卡當時一邊當餐廳外場，一邊用學貸就讀社區大學。他們縮衣節食，終於等到景氣慢慢好轉。瑞貝卡換了工作還加了薪，班則重新在工地找到了工作。他們有了第二個孩子。瑞貝卡寫信給總統說，「人在沒有選擇時可以如何從谷底再爬起，讓人驚嘆……我們是一個堅強而團結的家庭，我們從

最最困難的時候撐了下來。」

歐巴馬重複了信的最後一行，「我們是一個堅強而團結的家庭，我們從最最困難的時候撐了下來」，然後接著說道：

美國，瑞貝卡和班的故事就是我們的故事。他們代表著千百萬一樣辛勤工作、一樣省吃儉用、力求上進的美國人。而你們就是我來到這個位置的原因。六年前的今天，在危機陷入最黑暗深淵的那幾個月裡，我站在國會山莊的這片階梯上，承諾我們會在新的基礎上重建美國的經濟，而當時我念茲在茲的，便是你們每一個人。這一路以來是你們的韌性、你們的努力，讓我們的國家得以浴火重生，變得更加強大。[15]

瑞貝卡和班也出席了這場演說，其中瑞貝卡被安排坐在國會大廳樓臺上的第一夫人身邊。厄勒夫婦是樓臺上的英雄：有血有肉、能讓人產生共鳴，具有代表性的市井小民，和無數的你我無異。這一招，你也可以學起來。

作為某個演講主題的專家，你應該很多時候都在談論各種抽象而複雜的概念，但這樣的你也應該知道，想

用枯燥而概念性的內容來保持不冷場是多困難的事情。樓臺上的英雄可以為你想表達的概念注入生氣，讓抽象的訊息不再拒人於千里之外。你的演講甚至會因此讓人欲罷不能。

第一個把樓臺上的英雄以血肉之軀搬出來為演說增色的美國總統，是雷根（Ronald Reagan），當時他所發表的是他就任之後的第一場國情咨文。[16] 美國總統每年都要在國會的聯席會議上——也在千百萬收看電視轉播的美國民眾面前——發表國情咨文演說來向全國報告國家的發展進度和執政黨來年的立法計畫。想像一下，要在一小時內把一個國家的治理狀況長話短說地講完，會有多麼困難。

以菜鳥總統雷根為例，他在首次國情咨文中談到了以下的重點，請你看看有沒有哪一點特別與眾不同：經濟發展、稅務徵收、政府開支、外交政策、憲政改革、軍事部署、民權發展，還有蘭尼‧史庫尼克（Lenny Skutnik）。等等，蘭尼是誰？雷根對此說的是：

不過兩個星期前，在波多馬克河上的一場慘劇中，我們再次看到美國英雄最崇高的精神展現——這群英雄，

就是一心一意在冰凍的河水裡搶救空難死傷者的救難人員。而其中一位就是在我們政府單位裡服務，年紀輕輕的蘭尼・史庫尼克。他一看到有女性鬆開了直升機的繩索，就縱身一躍跳入河裡，將她拖到了安全之處。[17]

就在此時，國會爆出了長達 40 秒的如雷掌聲，全體與會者起立向樓臺上由第一夫人南西陪同的史庫尼克致敬。在這 40 秒裡，雷根總統也望著樓臺的方向，向身穿灰色西裝的史庫尼克行禮致意。雷根以此繼續延伸出下面的演說：

此外，在我們的生活裡還有無數默默付出的美國英雄——父母親長年辛苦地付出犧牲，只為了孩子能過上比自己好的生活；教會和民間志工投身公益，只為了讓有需要的人能吃飽穿暖，獲得照顧和教育；千百萬人讓我們的國家和國家的命運變得如此特別——這些無名英雄或許沒能實現自己的夢想，但他們卻將那些夢想化為養分，灌注到了下一代身上。別聽任何人說美國最好的日子已成過往，別聽他們說美利堅的精神已然潰敗。美國精神已經在生活中一次又一次取得勝利給我們看，任誰也不能讓我們失去

對它的信念。

自 1982 年的雷根以來，有多少任美國總統在國情咨文演說中邀請了英雄登上樓臺？答案是全部。你問為什麼？當然是因為這麼做管用啊。

美國總統有全世界一流的文膽替國情咨文擬稿。如果不是最能吸引聽眾的手法，他們可是不會用的喔。換句話說，如果樓臺英雄這一招沒用，早就被那些精得跟什麼一樣的文膽換掉了，哪有可能從 1982 年用到現在。

我要問你的是：你有沒有盡可能地把樓臺英雄這一招用在自己的演講裡？我猜是沒有。當然我這麼說並不是因為我認識你，而是我的經驗告訴我如此。從 1998 年以來，我指導過無數領袖級人物，期間我看過的每一篇演講初稿，上頭幾乎都看不到樓臺英雄這招。

聽到這裡你可能會想，「等等，我是專家，我會講一些嚴肅或沉重的題目，但我可不是美國總統，至少現在還不是，所以我不會在演講裡談到什麼軍事問題、失業率、政策規劃，更找不到樓臺英雄來給我捧場，不是嗎？」

談談你的工作會如何影響人們。他們對你有什麼要求？他們流露出哪些擔憂？他們有哪些雄心壯志想要達

成？你可以聊聊這些。你可以為你的工作賦予人味，可以解釋一下你怎麼幫助人想清楚自己的需求，處理自己的煩惱，實現自己更遠大、更亮麗的未來。

你的樓臺英雄不見得要坐在樓上──他們不必是真正的英雄。但他們肯定要是真實、能讓人產生共鳴的人，這樣聽眾才能感受到你的影響力。你可以搬出一個人，一名樓臺英雄來替你突顯演講的重點，然後再以此為起點延伸到其他人。當你能夠做到這個程度，你就會發現聽眾的眼睛點亮了光芒，精神也隨之昂揚──誰知道呢，他們說不準還會起立鼓掌。

從具代表性的真實人類說起，然後往外延伸出去。

樓臺英雄就是一種強力訊息。要瞭解什麼樣的訊息才夠強大有力，讓我們來看看席安娜・米勒（Seanna Millar）。

✦ 一磅奶油

席安娜・米勒的推銷長才並不只用來賺錢過活，她還以此來拯救生命。「我看過只有一磅奶油大小的嬰兒，

還可以放在我的手掌上，」她說著，做出用手捧東西的模樣，就像手裡有個看不見的迷你包裹似的。「剛出生的她就待在我們醫院的 NICU（Neonatal Intensive Care Unit），也就是新生兒加護病房裡。你可以想像一下那幅畫面，四名早產兒寶寶和他們的家人擠在同一間病房裡，只因為我們醫院的 NICU 提供不了單人房的空間。在這間病房裡，每個孩子只能分到地板上用紅色絕緣膠帶圍出來的 180 平方英尺（約 17 平方公尺或 5 坪），」她邊說邊用雙臂圍出這個大略的面積。

讓這麼多脆弱的小生命擠在一間病房裡，會衍生出各式各樣的挑戰和問題。米勒接著說，「即便在不受打擾的自家，新手媽媽要哺乳都已經夠困難了。所以你可以想像在幾公尺外就有另外三家人的狀況下餵奶有多強人所難。媽媽們因此壓力很大且身心俱疲。」米勒停頓一下，讓這表述發酵了幾秒鐘，然後才又補充說，「精疲力盡時，我們會更容易受到疾病侵襲。而早產兒的媽媽要是病了就會被趕回家，暫時不能探視孩子，以免讓其他寶寶受到無謂的感染。重點是，我們每個人都可能是那個媽媽。」

至此席安娜已經將全場凝聚在同一種心境裡。她接

著放慢了節奏。「或者，假設在最殘忍的狀況下，你要以父母的身分把人生中最困難的一段話說出口——跟你孩子永遠訣別，而陌生的另外三家人就在相隔沒幾步的地方看著。」

身為專業募款人的席安娜任職於多倫多的病童（SickKids）基金會，而病童基金會是當地世界級小兒科教學醫院病童醫院的募款部門。基金會不久前才啟動了一項募款活動，希望能募集 15 億美元來作為新院的建設基金、相關研究預算，還有供全球醫護提高醫療品質的經費挹注。這是加拿大有史以來最大規模的醫院募款行動。而我很榮幸，為醫院高層和基金會幹部的募款說帖提供了指導。

推銷一樣東西不僅僅是要動之以情，你還需要在準備充分的前提下說之以理，這包括你可以舉出前沿小兒科醫院的尖端療程，然後再比對一下病童醫院現行和規劃中的療法。米勒就是這麼幹的，而她因此募得了幾百萬美元。

她使用了強力訊息，而你也可以。這些強力訊息會引發聽者的激動反應，包括有人說「這太糟糕了，這種醫療品質令人無法接受。我們不能就這樣算了。我們能做點

什麼？」強力訊息也可以召喚出正向積極的反應像是「那
太棒了！」、「我需要的就是這個」、「那也是我想要的！」
善加利用強力訊息來召喚出強烈、令人滿意的反應。

　　樓臺英雄也屬於強力訊息的一種。我們後面會再介
紹其他類型的強力訊息，不論你是要募集鉅款來拯救生
命，還是在日常事務上自證有理，都可以從中選用。

使用範例

✦ 三個字和三個圓圈，你能換得多少影響力？

　　快問快答，當代廣告人的名字你能說出幾個？我說
的不是奧格威（David Ogilvy，奧美廣告創辦人）或麥
肯（Harrison McCann，麥肯廣告創辦人）這種已經作古
的傳奇，也不是，喔拜託一下好不好，唐・德雷柏〔Don
Draper，美劇《廣告狂人》（*Mad Man*）裡的故事主人翁〕
哪能算。我要的是還活得好好的、真正在工作的廣告人。
　　我這邊有個名字你應該聽過，但你知道他恐怕不是
因為他的廣告作品。他之所以出名，是因為西雅圖普吉

特海灣（Puget Sound）一場他在掛圖上畫了三個圓圈和寫了三個字的簡報。這場名為《卓越的領袖如何激勵行動》（How Great Leaders Inspire Action）的演說被錄了下來，並上傳到網路上，累計有 5000 多萬人次看過，還被翻譯成 47 種語言。這人何德何能？答案是他結合了有用且不複雜的架構和具體且貼切的勵志實例。在居於中間圓心的圓圈裡，他寫下了「為什麼」（Why），意思是「你這麼做是為什麼」；再外面一圈則寫著「如何」（How），意思是「你要怎麼做到你正在做的事情」；最外層則寫著「什麼」（What），意思是「你究竟在做什麼」。為了具體釐清這三個圓圈形成的同心圓分別代表什麼，他舉了一個大家都能理解的實例：蘋果公司。

這個人，叫作賽門·西奈克（Simon Sinek）。西奈克後來一躍成為一系列書籍的暢銷作者，每年聽他講述領導藝術的聽眾不下數萬人，而且每場演講都可以進帳數萬美元。但其實拿掉實例，你也就拿掉了他的 TED Talks 的影響力——他對全球千百萬人，包含軍事將領、國際級品牌經理人、一線智庫在內的無遠弗屆的感染力。

✦ 縮小你和百大講者的落差

你可能在想,「沒錯,我懂。我知道要多用範例。」但你知道嗎?如果你跟我大部分聰明且功成名就的講者沒兩樣,那你恐怕不怎麼舉例。真正會舉例的,是最最優秀的講者。

你覺得 TED Talks 百大講者在標準的 18 分鐘演講裡,會舉幾個例子呢?我拿這個問題請教過無數人,而他們的回覆通常是落在三到五個之間。錯。正確的答案比三到五個多一大截:18 個,一分鐘一個。

某些百大講者會花好幾分鐘去解釋一個例子,也有些講者會一分鐘不到就丟出三個例子。要是你問我的話,我會說這點差別並不重要——每個例子都有其重要性,講者解釋多久不是重點。質是質,量是量,兩者不應混為一談——我只是想設定一條基準線來評比我平日看到的專家,一旦有機會演講,他們會舉出多少例子。

你覺得我指導的學員會在 18 分鐘的時間框架中使用多少個實例呢?別忘了他們可都是聰明過人且事業有成的策略顧問和企業領袖。就我觀察初稿階段的結果,答案是趨近於零。在你現行的做法和最佳的做法之間,多

半存在著一個落差。為什麼大家不多舉實例呢？因為大家太忙於把事情交代得鉅細靡遺，而忘記要縮小牆壁。你應該先把牆縮小，再想辦法用實例賦予生氣給被挑出的重點。話說到這你可能會有些活要幹，所以為了替你激發一些靈感，並讓你欣賞一些額外的好處，我們不妨先一起來觀察一些演講實例的實例——這說法有點繞，有點後設，我知道。

✦ 讓你的公司攀附上一顆星星

　　這兒有一個有趣的挑戰。首先，請你設想一個你的同事或客戶會覺得有幫助的概念性架構，並把它畫成草圖。那可以是一個 2×2 的矩陣，其中的 Y 軸是市占率的高低，X 軸則是市場成長性的高低。如果提示到這裡你還是沒概念的話，那讓我告訴你，這就是波士頓顧問公司（BCG）著名的「星星與狗」成長性／市占率矩陣（又稱波士頓矩陣，四個象限中，星星代表高市占高成長的明星業務，狗狗代表低市占低增長的瘦狗型業務）。[18]

　　接著請你準備好既親切又有啟發性，能讓概念活起來的具體實例。下一個挑戰：在不靠實例的情況下把概

念解釋給某人瞭解，並於過程中注意聽眾的反應。這之後再加入準備好的實例重新解釋一次，比較一下兩次的聽眾反應有什麼差異。

找 12 名企業領袖，問他們知不知道 BCG 的星星與狗矩陣。很多人都知道。然後再問他們知不知道其他大型顧問公司的任何一個思考架構，應該很多人回答不出來。BCG 的星星與狗矩陣經過時間考驗，證明了自己是區分產品地位的強大工具，同時也讓它的母公司在市場上有了響亮的名號。

透過舉例去突顯演講的結構和框架。

✦ 鴉雀無聲：放空還是忘我？

艾倫作為一家市值 140 億美元的全國性零售商老闆，我在一間午餐俱樂部裡見證了他的某場演講。這場演講辦在一處有著古希臘圓柱，美輪美奐的大廳裡，曾在這演說過的人物不乏國家元首、科技巨擘和皇室成員。

在一一介紹過第一排的貴賓且依傳統敬完酒後，一身鮮藍西裝的艾倫便帶著大男孩般的幹勁站起身來，解釋起他們公司是如何透過資料蒐集去認識真正的加拿大

人，並藉此在當地提供合適的商品。乾巴巴地介紹資料分析，照理說不是典型能讓人聽到入神的演講內容。所以艾倫多問了一句：「你們覺得加拿大有多少比例的人打冰球時是用左手射門，多少比例是用右手射門？許多年來，我們都直覺地認為那條界線應該落在差不多中間。但現在我們知道左撇子和右撇子的比例應該是 56：44，而且也不是全加拿大都一個樣。東邊在大西洋側的四個省只有 25% 的人用左手射門，西邊太平洋側卑詩省（英屬哥倫比亞）則正好反過來。所謂產品策略正確的內涵包括產品的組成比例要對、產品的庫存量要對，產品放置的店面也要對。我們的分析確保了我們在加拿大全國各地的冰上曲棍球球棍都處於正確的左右手比例。」作為一家典型的加拿大零售商，舉例怎麼可能不舉冰上曲棍球。

值得注意的是艾倫所舉的實例的具體程度。他不僅談到了「正確的產品」，他還談到了左射和右射的冰球球棍。他提到行政區時用上的不只是通泛的稱呼，而是大西洋側省分和卑詩省等明確的區域。這些描述都極其明確、鮮明且有記憶點。

把話說得很具體不是嫌聽眾笨，怕他們聽不懂，而是為了避免過多術語妨礙了聽眾理解演講的核心訊

息。我最近讀到「術語過多」也有一種專有名稱叫「術語一氧化碳」(jargon monoxide)，也就是形容過多術語就像一氧化碳（carbon monoxide）一樣有毒。[19] 你會如何解釋經濟體的運作呢？你可以想像你有多容易讓聽眾聽不下去。全球最大避險基金橋水基金創辦人瑞‧達利歐（Ray Dalio）除了著有暢銷書《原則》(Principles：Life and Work)，還曾在一段 30 分鐘的影片中解釋了經濟學的運作原理，片名就叫做《經濟機器如何運轉》(How the Economic Machine Works)[20]。他在當中解釋了推動經濟轉動的三樣東西，還分別為這三樣東西提供了能讓人理解的例子，比如說借錢買電視機和拖拉機。截至我打下這幾個字的今天，這部影片的觀看量已經累計達 2300 多萬人次——可能比你也在拍影片的經濟學老教授要稍微厲害一點。

利用實例去讓抽象的概念變得具體。

✦ 你希望駕駛艙裡的人是誰？

如果你使用的實例取材自你的工作經驗，那你就能進一步強化自己的可信度。你會希望是誰擔任你飛機的

機長？有雙博士和機長執照的航太工程師？還是本名切斯利‧薩倫伯格（Chesley Sullenberger）的薩利機長？沒錯，就是那位兩具引擎都因為鳥擊失靈，但仍成功將空巴 A320 客機迫降在哈德遜河面上，讓機上 155 名乘客平安活下來的前空軍戰鬥機駕駛員。薩利機長擁有讓人對他有信心的經驗。同樣地，源自你實務工作中的實例可以讓你在不經意間展現你的經歷，讓聽眾對你的能力產生肯定。

剛開始當簡報教練時，我還是個 27 歲年輕小夥子──外表看起來更只有大概 17 歲。當我向大老闆們介紹起我的職業時，他們往往會明褒暗貶，客氣但敷衍地想打發我，像是說些「喔，那很好啊，我 33 年前讀大學時也修過演講課，收穫非常多。」但等這些人經由我舉的例子發現我服務的客戶都是什麼等級，而且成效有多驚人後，他們就會打開原本交叉在胸前的雙臂，朝我愈靠愈近，然後說：「其實喔，我剛好有場演講，不知道您有沒有空幫幫我？」

我這麼說，並不是要大家都莫名其妙地蹭大咖客戶或違反守密義務。你可以自行判斷該如何用各種實例去突顯你想說的重點，讓它更加清晰，同時又不露聲色地加深你的可信度，而不至於讓人覺得你自得意滿或不夠

專業（守密一事我後面會再提及）。

用實例建立自身的可信度和聽眾對你的信任感。

✦ 黏上就甩不掉的記憶攻擊

　　一名廢棄物管理專家在廣播節目上談到所謂的「夢想回收」，這裡指的是消費者會在藍色回收桶裡放進他們既沒有勇氣丟掉，也沒有心思留著的東西。電臺主持人追問：「像是什麼東西？」垃圾專家告訴他：「嗯，上週我們從桶子裡拖出了一顆標準規格的保齡球。這玩意兒我們不能回收利用。」我從來沒有在筆下或言談中提到過夢想回收的概念，也沒有把它寫在筆記裡。但那顆保齡球的意象實在太過鮮明，以至於它在我的腦海裡始終無法磨滅──當然那也可能是因為我高中時曾覺得穿保齡球鞋去學校很酷（我試了，也錯了）。

　　舉例說明的概念並不複雜，但實務上很少有人能做到一分鐘一個例子，甚至大部分人根本是滴「例」不沾。我的建議是多用。演講中愈多實例，聽眾就愈能體認到你談話重點的價值，而這也會是你為自身能力創造需求的契機。

藉實例之力讓你想傳達的概念變得好理解，而且有記憶點。

說故事

✦ 大廳裡的擁抱

看到有人好像遇到困難，你是不是經常上前問他們，「有什麼忙我可以幫嗎？」在看過雪柔·桑德伯格和《艾倫秀》(*The Ellen DeGeneres Show*) 的主持人艾倫·狄珍妮 (Ellen DeGeneres) 對談之後，我已經不再問這種問題了。那是發生在艾倫秀上一處明亮棕櫚樹場景的事情，當時兩人各坐著一張白色的皮革躺椅。[21]

雪柔聊起在墨西哥度假時失去了她的丈夫戴夫（他在健身房運動時猝死），然後她必須跟他們分別七歲和十歲的孩子說他們再也見不到爸爸了。

艾倫這時問了雪柔一個問題，那就是當我們面對哀痛的遺屬時，哪些話該說，哪些話又絕對不該說。雪柔回答說，自己以前都會去問有什麼忙可以幫。雖說她這麼問是真心誠意的，但她逐漸意識到這種問法其實有個

很大的問題，那就是問的人把重擔轉移到了他想要幫助的人身上──想辦法好過一點變成了遺屬自己的責任。雪柔向艾倫說當她自己被問到這個問題時，「我都不知道該怎麼回答，我總不能說：『那，你幫我把父親節變不見，這樣我就不用每年觸景傷情一遍』吧？」

節目現場陷入了沉默。艾倫點了一個小到不能再小的頭，然後雪柔說：「與其問能幫什麼忙，不如做點什麼。」她接著分享了一個朋友的故事。她這名男性友人的孩子在住院幾個月後，還是離世了。「他的一個朋友傳了簡訊跟他說，『一個小時內我人都在醫院大廳，你需要擁抱就下來。』那是無比強大的一則訊息。」

確實，這故事強大到我始終將它記在心裡，也讓我日後每當看到誰在痛苦中掙扎時，我不會去問他需要什麼，我會在能力範圍內去做點什麼。雪柔‧桑德伯格改變了我對身處悲傷的人的認知。而她用一個故事做到了這一點。

用故事去觸動個體的改變。

✦ 磁性的頓悟

想改變一個人的行為並非易事，而想改變一個組織

的行為，更是難上加難。史提夫幾十年來的夙願一直都是協助企業改革。他現在領導著一家國際級的管理顧問公司。

我在金融區中心的一家義大利餐廳坐下，跟他喝杯咖啡，那是一間會讓你感覺自己身在巨大通風酒桶裡的店家。他一身顧問的標準打扮和梳理得一絲不苟的髮型，完全符合你期待中那個用工程和軍事背景去幫助企業客戶提升效率的人設。

> "
>
> **想造一艘船，你該做的不是敲鑼打鼓把人集合起來，叫他們去森林裡收集木材、鋸木頭，然後把木板釘在一塊；你該做的是讓他們想要航海。**
>
> 據傳出自安托萬・聖修伯里（Antoine de Saint-Exupéry），《小王子》作者
>
> "

但我沒有想到他會對我說出這樣一段話：「我前幾天有了一個頓悟。我在一場會議中跟人討論著協助組織改革會面對哪些典型的阻礙：欠缺行政支持、技術上的不確定性、沒有共同願景……然後我突然想到另外一個更重要且

幾乎總是遭到忽視的障礙：故事。一個聳立在企業頂端並打破藩籬，能夠號召眾人團結在某種目標之下的故事。」

接著他張著亮起來的眼睛，身體向前傾越過了桌上的卡布其諾，說道：「你記得小時候做過一個科學實驗，把鐵屑撒在一張紙上，然後在紙下面放上一塊磁鐵？你記得那之後發生了什麼嗎？沒錯，原本一盤散沙的鐵屑共組成一個有序的分布。如果不是有塊磁鐵，你想讓鐵屑排隊簡直難如登天。同樣的道理，沒有一個精心設計的故事就想要推動組織轉型，談何容易。」

「許多組織都是掌握在理性的左腦人手中，他們滿腦子都是資料分析和企業流程，」他開始欲罷不能地說了起來。「這些東西不是不重要，但他們並不足以帶我走完抵達目標前的最後一哩路。想達成個人或組織的轉型，你就要專心把有說服力的故事設計出來、活出來、溝通出去，否則不論你有再多的架構、方法或資料，也只會落得鎩羽而歸。」

史提夫的這些心得並不是天馬行空的臆想，而是基於幾十年來為大公司出謀劃策，推動重大改革的血戰經驗。想改變一個組織的行為模式而不借助故事的力量，你會非常難達成。

用故事打通組織的任督二脈，凝聚改革所需的共識。

故事是你想撼動全場不可少的強大槓桿。我們親眼見證過它是如何推動改變成真。後面我們會在第 104 頁談到故事祕笈時介紹怎麼生出好的故事，但接下來先讓我們一起快速地多瀏覽幾個需要說故事的裡由。

✦ 故事可以拯救生命

想像一下你是一家大型礦業公司的老闆，手下有數千名員工 24 小時輪班，週末也不休假，在一個運作十分仰賴重型機具設備的產業裡，累積的員工工時一年高達數百萬。但唐・林賽（Don Lindsay）不用想像，因為身為泰克資源（Teck Resources）執行長的他，從 2005 年 4 月以來就一直做著這樣的工作。說到泰克資源，這是一家以全資或合資方式擁有十大礦場的礦業公司，例如卑詩省麋鹿谷的綠丘礦區（Greenhills Operations）就是其子公司。

事實上就是在綠丘礦區，他們失去了泰瑞・特瓦斯特（Terry Twast）這名礦災救援隊長。事發的 2005 年 10 月 20 日晚間，特瓦斯特正在濃霧裡操作著推土機，而就

在這過程中，他誤駛過一處土堤而墜落到礦坑坑底。這場悲劇對泰克資源而言是一個轉捩點。「我們告訴自己事情不能這樣下去，」林賽解釋說。他們於是決定實施一個叫「果敢安全領袖」的計畫。[22]

這項計畫的建立是基於一個理念：再怎麼強大的技術安全計畫也無法單靠它創造出持續性的工安文化。「人這種動物是很複雜的。我們會選擇，會犯錯，」林賽說。為了建立良性的職場安全文化，泰克運用故事來個人化一樣東西：日常工作上的抉擇對旁人生命之影響。而其中一個這樣的旁人，就是在加拿大亞伯達省欣頓南部的紅衣主教河礦區（Cardinal River Operations）裡服務，擔任會計一職的東妮‧佛斯特（Toni Foster）。

她描述了她的丈夫戈登‧佛斯特（Gordon Foster）是如何從一處 35 英尺（約 10.68 公尺）高的水泥平臺摔落而致命，還說明了痛失丈夫如何讓她始終走不出來。「每天我都會把車開在這條公路上，」她邊說邊展示了照片上一條雙線道的公路，這條公路穿過高低起伏的鄉間並朝遠方的山區而去。「同時每天我都會開車經過他的墳墓。而我老實跟各位報告，那很痛。非常痛。」為免痛苦會一發不可收拾而咬緊了嘴唇的她說：「只要能換得他活過來

多一分鐘，我可以放棄一切。」

她毫不掩藏自己演講的初衷：「我之所以挺身而出分享這個痛徹心扉的故事，是因為我相信我們可以從錯誤中學習。」她在最後呼籲同事們要對此懷有一份責任感，要在需要人領頭的時候站出來，要在需要人發聲的時候放棄沉默不語，因為在工作現場的每一條寶貴生命──以及在家等著親人平安回來的每一個家人──都需要有人與他們站在同一邊。

從計畫啟動以來，投身參與的泰克員工或長期包商已達 1 萬 7000 人。而且在其中，正面改變的故事也扮演了重要的角色。其中一個故事的主角是起重機技術員荷黑・埃斯皮諾薩（Jorge Espinoza），他工作的地點是泰克資源位於智利北部克夫拉達布蘭卡（Quebrada Blanca）的露天陰極銅礦。

有一天他判斷一片 27 噸重的混凝土板無法安全地由全重 250 噸的起重機吊起。有些同仁想要鋌而走險，但埃斯皮諾薩不為所動。「我聯繫了主管，說明按起重機的承重載荷表來評估，硬拚的風險實在太大。」最終他們租用了一臺負重能力達 350 噸的起重機，成功完成了吊載工作──所有人也都平安無事。「看到有危險的事情，我

們有責任發聲，」埃斯皮諾薩說。他正是泰克資源打出的聚光燈下，無數果敢安全領袖中的其中一員。

「我們堅信成功為成功之母，分享正面的故事可以催生出更積極正面的企業文化，」林賽說。「我們把說故事的正面效應發揮到了極致。」過去十年間，泰克資源將工傷事件的發生頻率減少了 2/3，意味著每天有更多員工能平安回家。

讓傷亡令人感同身受，然後用故事去傳頌變革的成功。救人一命的，有時就是個故事而已。

✦ 拿起黏著劑，放下穀粒

多數人一確定自己要在大場面上演講就焦慮到爆炸，這是人之常情，而我們會抖成這個樣子，大抵都可以追溯到擔心自己上了臺會腦袋一片空白：你的演講內容會像穀粒一樣穿過你宛若篩子般的腦袋，掉落滿地，結果就是你會在臺上說不出話來，像個傻子一樣。很多人為了降低這層風險，選擇準備詳盡的小抄，隨時拿出來瞄一下。但這有一個問題是，看小抄要用眼睛，所以你得暫時切斷與臺下聽眾的眼神交流，同時聲音表情也會暫

時變得呆滯，結果就是聽眾也會隨著你一起分心——他們對你的信心和你的自信都會一落千丈。

那比較好的做法是什麼呢？把牆縮小，然後用故事帶出你聚焦後的重點。不像太多的重點讓內容像米粒掉滿地，故事會像松樹分泌的黏著劑一樣沾黏在人的記憶中，甩都甩不掉。改變戰術，向臺下傳遞少一點但夠黏的重點，如此一來，你身為講者的日子可以好過一點，臺下聽眾能帶走的收穫也會更多一點。

九年前，我看了一名叫魏斯（Wes）的執行長向同仁們宣導提供優質服務的必要性——這一看就是個很容易淪為八股說教的重要題目。但魏斯並沒有掉入這個陷阱。他並沒有設下標準然後規定大家都要遵守。他沒那麼笨，身為一位精明的領袖，其所有智慧都是用那一頭日漸稀疏的白髮，扎扎實實換來的。魏斯用故事帶入觀念，但他並沒有要讓聽眾強迫中獎，而是在過程中保留了聽眾能主動選擇的空間；他能有效帶領一群充滿幹勁的專業人士前進，這種溝通風格也是一項原因。

站在房間的前方，他講起的故事裡有一對男女要登記入住紐約的麗思卡爾頓（Ritz-Carlton）飯店。在登記的過程中，其中一名客人輕聲對櫃檯的飯店員工說：「我可以

預訂一些香檳和草莓，明天下午四點送到我的房間嗎？」
他笑著補充說，「喔對了，不要讓我女朋友知道喔。」

　　麗思酒店的團隊成員報以微笑，然後將身體向前靠
近些，神祕兮兮地確認明天是不是什麼特別的日子。「嗯
嗯，我要求婚。細節我還沒想好，但我想她應該會喜歡
香檳和草莓。」

　　飯店員工問他想不想聽些建議。男客人馬上點了點
頭，並在一個小時後回來，聽取麗思飯店認為世上沒有
幾個人能說不的求婚計畫。在早上客房打掃服務時，一
臺望遠鏡被安放在男客人的房間裡，鏡頭對準了 59 街對
面的紐約中央公園。到了下午設定好的時間，男客人請
他女朋友看進望遠鏡，鏡頭裡赫然是另一名麗思飯店的
員工在池塘的另一側舉著標語，上面寫著「泰絲，妳願
意嫁給我嗎？」然後過兩分鐘，門上傳來了叩叩叩的聲
音，那是飯店送來的香檳、草莓和鮮花。

　　計畫的實施非常順利，沒出任何意外。結局也很令
人滿意，泰絲說她願意。

　　聽著這個故事，你應該不難看出為客戶提供卓越服
務和創造非凡體驗代表著什麼了——沒錯，這代表著雙
贏，客人開心，公司也受益。當然身為企業領袖的魏斯

也贏了，因為這故事讓他輕鬆記住了自己演講的重點，也讓他在演講現場從頭到尾都充滿存在感。

這故事我就聽過一遍，七年來我既沒有把它寫下來，也沒有跟誰討論過。只是去年我跟另外一名客戶又聊起這故事，記憶馬上就又鮮活起來。我既可以把故事複述一遍，也完全可以傳遞出故事中的重點，但其實我並不是個記性很好的人，不信你可以去問我太太……真正讓我記憶猶新的，是故事本身。

想記得住、說得出你想講的東西，請善用一種叫作故事的超黏黏著劑。

> "
> 永遠不要低估故事的力量。詹森（Lyndon Johnson）總統能夠讓《民權法案》(Civil Rights Act) 獲得簽署，靠的就是他說的故事，還有金恩博士說的故事……我身為現任總統一直感興趣的一件事，也是等我變成前總統後也會繼續感興趣的一件事，就是怎麼把故事說得更好，怎麼用故事讓大家朝共同的目標努力。
>
> 巴拉克・歐巴馬
> "

✦ 你說催什麼東西？

如果這麼多好處還不足以讓你開口說故事，那你知道嗎？研究顯示當我們是聽故事的那一方時，身體會分泌催產素，也就是所謂的「信任荷爾蒙」，到我們的大腦之中。[23] 很多人都拚了命想成為深受信賴的顧問，而故事就可以協助你建立信任、深化信任，所以我建議演講的時候你可以愈早開始說故事愈好。故事愈早啟動，聽眾腦中的信任荷爾蒙就可以盡早開工。

利用故事去培養信任感。

✦ 教師評鑑的高分保證

研究還顯示向說故事的人學習，效果會更好。[24] 在我所屬的商學院中，長期穩居評鑑第一的教授並不是因為他的哈佛博士學位而獲得學生肯定，他能受到同學青睞是因為他把擔任《財星》500 大（*Fortune* Global 500）企業顧問的故事用在課堂上。他有一副籃球得分後衛的身材，外加一雙彷彿能看穿人的眼睛——彷彿兩個字說不定可以拿掉。他會慢悠悠地走到全班前面，提到他稍早

開著紅色小跑車到學校時想到的一個念頭，讓人完全摸不著頭緒。然後他會告訴我們他如何幫一間全國等級的連鎖藥局提高了一成的獲利，只因為他建議他們擴大產品組成（多賣點生活雜貨）和增加對奢侈品（美妝產品）的涉獵，結果順利吸引更多人流，客均消費也有所增加。一邊是這位人氣教授和他的許多小故事，一邊是寫出一堆教科書但沒有在藥局走道上給過企業建議的教授大老們，我們從前者身上學到的東西更多。

用故事去強化學習效果。

✦ 己所欲，施於人

許多年前，我問過我媽該送什麼禮物給當時還是我女朋友的老婆。她反問我，「她都給你些什麼？人一般會給出去的，就是他們想得到的東西。」媽媽果然薑是老的辣。雖說我並不會在此公布我當年送了老婆什麼殺手鐧，但我會問各位這麼一句：作為一個聽眾，你們會寧願聽到唸經一樣的流水帳，講多到已經沒有重點的重點，還是聽專家用精彩的小故事突顯幾個不一般的見解？你覺得哪一邊會比較讓人聽得下去？哪一邊會比較有記憶

點？又是哪一邊更能讓你信服？

根據收視率資料，《60 分鐘》是美國電視史上最成功的黃金檔節目，其斬獲至今無人能超越的 160 座艾美獎。關於《60 分鐘》成功的根源在哪裡？唐‧休伊特（Don Hewitt）以節目創始人的身分表示，「我們有一個很簡單的公式，簡單講就是全世界小朋友都懂的四個字：說個故事。就這麼簡單。」[25]

但那簡單是對休伊特來說很簡單，對多數邏輯本位的左腦專家而言，說故事可不是他們生來就會的事情。但你也不用擔心自己不是有天賦的說故事高手，因為只要一個架構和幾個小撇步，你就可以打造出一個小故事，讓你發揮可觀的影響力。

✦ 故事祕笈

如何說故事有許多經典的模型，例如對目標的追尋、英雄之旅、或是白手起家。但這些建模比較適合劇作家或小說家利用，對多數要在組織中演講的人幫助不大。我這裡有一個簡單的架構可供建立故事之用，你可以藉此在不同場合說出更好的故事。

故事祕笈

🎙 讓聽眾有代入感	🎙 觸動見解與發現	🎙 讓聽眾不虛此行
介紹討人喜歡的主角出場＋創造張力。	提出解決方案，藉此讓人獲得新知或溫習經典的教訓。	化解張力並納入具（正／反）啟發性的結局＋合攏迴圈，讓故事線連結到你的上層訊息。這麼做可以確保你講話有重點！

交織在上述三支骨幹之間的常見線頭包括：

- 添加質感與細節。
- 追求真實性。
- 確認故事與演講目標一致。
- 納入具有情緒張力的對話。
- 追求可信度，避免浮誇。

讓聽眾有代入感

　　哪一部電視劇是現今「馬拉松追劇」的始祖呢？這個說法出現在 2003 年，因為 Netflix 的崛起。在那之前，你可能會用 DVD 連看不知道多少集《24 反恐任務》(24)，當中由基佛‧蘇德蘭（Kiefer Sutherland）領銜主演的反恐幹員傑克‧鮑爾（Jack Bauer）得與時間賽跑來遏止恐攻、保護總統不被暗殺，還有不讓大型爆炸案傷害民眾

——滿滿的張力盡在其中。

在那之前，鮮少有人會在短時間內投入那麼多的時間看一部影集。《24 反恐任務》算是開了讓人徹底代入的先例——該劇會在每一集的結尾吊足你的胃口，讓懸念逼著你看下去，因為你實在太想知道傑克有沒有力挽狂瀾、解除危機，也解除你看戲時的緊繃情緒。至於沒有政治驚悚片可拍的你要怎麼讓聽眾在你的演講裡也如此徹底地代入呢？關鍵有以下兩點：

1. **訴諸個案**：首先，你的故事必須關係到個人（傑克·鮑爾和美國總統），而非群體（反恐機構）。你注意到了嗎？每當體育媒體炒作兩支職業球隊的對抗，他們都會將之塑造為雙方主將的對決：美式足球有湯姆·布雷迪（Tom Brady）跟尼克·弗爾斯（Nick Foles）的傳奇四分衛對決；美國職籃有快艇隊的雷納德（Kawhi Leonard）對上勇士隊的柯瑞（Steph Curry）；美國職棒有道奇隊的柯蕭（Clayton Kershaw）對上光芒隊的葛拉斯諾（Tyler Glasnow），兩人都是賽揚獎巨投。另外像〈梅根·拉皮諾（Megan Rapinoe）世界盃準決賽決戰露西·布龍澤（Lucy Bronze），一場獨一無二的明星實力對決〉

（這兩位分別是美國跟英國的職業女足明星）也是體育新聞標題常見的操作。[26] 此外，媒體還會刻意挑撥選手相互評論，像爭奪頭銜的拳擊比賽前有記者去捅馬蜂窩，完美詮釋了唯恐天下不亂。重點是這麼做有用，觀眾爭相代入的結果就是所有人都很狂熱，都很激動。

專注在個人而非群體的做法已經證實有其效果。[27] 奧勒岡大學學者保羅・斯洛維奇（Paul Slovic）已經證明，一邊是飢腸轆轆的少女，一邊是飢腸轆轆的同一個少女再加上 100 萬飢民，我們更可能慷慨解囊的對象是前者而非後者。[28]

> 故事永遠是關鍵所在……故事要鮮明，就必須與單一個案相關。一旦你用上不只一個案例，故事就會被稀釋，情緒也會被稀釋。
>
> 丹尼爾・康納曼（Daniel Kahneman），諾貝爾經濟學獎得主

2 **設置障礙**：想讓聽眾產生代入感，你必須去做的第二件事是在人與他們的願望之間設置障礙物。在斯洛

維奇的研究中，飢餓就是那個障礙，是飢餓讓女孩無法達成她想過好日子的（隱性）目標。

假設你有個客戶賽吉是住在加州聖塔克魯茲的衝浪冠軍。她打電話給你說，「嘿，我有一群死忠的粉絲對我滑起來超順的手形衝浪板相當熱衷，那是我自創的衝浪板品牌，名稱叫 Ripline，取其撕開海浪之意。從海灘小伙到網路銀行家的一票衝浪中人都跟我講了好幾年，他們說 Ripline 為使用者提供了最暢快的衝浪體驗。不用的時候，他們會把我的衝浪板像畫一樣掛在客廳牆上。」她的好評很多，但現金不多。「我想募得一些資金來添購擴產所需的機器設備，並把銷路拓展到一家國際級的連鎖店當中。我的板子是有人氣的，但我不想跟銀行借錢，也沒有有錢的朋友。但我還是想看到我的玻璃纖維寶貝出現在世界各地最棒的浪頭上。」

這下子我們有了一個討喜的主人翁——畢竟要聽眾為了個混帳牽腸掛肚，也太強人所難——同時在她進軍國際的志向和資金拮据的現狀之間，存在著相互拉扯的張力。這就在聽眾心中創造出了期待和不確定感。你會希望她成功，但你沒把握她一定能成功。

產生阻礙的另外一個辦法是讓你的主人翁「卡關」。

在丹尼・鮑伊（Danny Boyle）的電影《127 小時》（*127 Hours*）裡，猶他州探險家艾倫・洛斯頓（Aron Ralston）的手被卡在了峽谷中一塊巨石底下，不能脫困就是死。至於結果嘛？我不爆雷，電影裡都有。

按照作家馮內果（Kurt Vonnegut）的分類，這屬於「（人）身陷困境」的故事類型。[29] 也許你的客戶賽吉覺得她的一名員工在侵吞公款，公司的資金正不斷流失。你要如何讓她脫困？

> **戲劇，就是預期和不確定性的搭配。**
>
> 據傳出自文學評論家威廉・亞契（William Archer）

沒有人不喜歡期待感和不確定性所交織出的戲劇性，不然你以為為什麼運動比賽大家都喜歡看實況轉播，他們就是要享受那種不確定性，一旦比賽結果出來了，不確定性沒有了，那比賽本身也就沒什麼好看了。賽吉需要想辦法掙脫她身處的困境，而聽眾需要知道她最後到底得到解方了沒有。

觸動見解和發現

現在你可以解釋一下你都做了些什麼去幫助她：「我讓賽吉去問她的網路銀行家粉絲們，看他們願不願意花點錢入股她的生意。我擬了一封信讓潛在的股東明瞭我為何有此提議。」

理想狀態下，講者提出的解決方案可以激發聽眾萌生見解和新發現。在此處並不複雜的例子中，或許聽眾是初出茅廬的年輕創業家，而他們並沒有意識到銀行不是唯一的資金來源，也沒想過常客也可以搖身一變成為他們的金主。

我曾經跟強·賴克斯（Jon Lax）對談，沒錯，就是世界級設計公司 Teehan+Lax 裡的那個 Lax。作為該公司的其中一名創辦人，他站在玻璃方塊會議室裡的拋光水泥地板上說，「我打造自身故事時，想的都是最後要有一個『啊哈』的頓悟瞬間。我會從電影裡找靈感，像《刺激驚爆點》(*The Usual Suspects*) 裡你發現沃伯·金特（Verbal Kint）跟凱撒·索澤（Keyser Söze）其實是同一個人的場面，就是我的一個模板。」他微笑著挑高了眉毛。「我該不會暴雷了吧！」他說，「我要的是所有伏筆最終聚攏在一起，真相大白的效果。」

他捲起了格子襯衫的袖子，露出了去比摔角也不會輸的肌肉。「我思考起我的啊哈瞬間或某個見解是什麼，還有如何建立論述才能通往這瞬間或見解。」為了更清楚地說明這一點，他解釋起他的公司曾服務過一家大型不動產仲介商，而當前去簡報初步想法時，他帶客戶認識了一系列的分析和升級，然後才在最後說道，「但線上使用體驗對網路買家最扣分的一點，就是他們每次回到仲介網站都得從零再來一遍。」他指著身後模擬的螢幕表示，「我直接把螢幕畫面秀給他們看。一切盡在不言中。他們可以一目瞭然地看出我們的設計自有其道理，而且突破了所有人的想像。我們設計了一種東西可以記住你的一舉一動，使用者不需要登入，網頁自動會記住你——它會自動自發去滿足你的需求。」怎麼樣，啊哈了吧。

讓聽眾不虛此行

一則企業故事多半要在結論中給聽眾一個回饋，一方面化解張力，一方面說明結果。在賽吉的案例中，她從她網路銀行家的客戶那裡募得了資金，並成功將營收規模從六位數出頭提升到突破七位數。用衝浪玩家的口吻來描述就是，「太爆棒了，哥。」這不叫給聽眾的回饋

什麼才是呢？

　　演講者常見的失誤是沒在故事的最後給出一個交代。這有時候是因為他們覺得結果太過理所當然所以沒什麼好說：他們自己是當事人，知道事情後來是如何水到渠成——賽吉取得了資金，營收也因此一飛衝天。還有一些講者草草帶過結果，因為他們不想看起來像在炫耀什麼。但別忘了，故事中的主角是賽吉，不是身為講者的你，你只是配角而已。讓自己退到二線是重要的，因為這樣你不會給人你在炫耀的感覺，還能在不知不覺中展現你如何幫助他人。

> " 說故事是一門失傳的技藝。現在的故事已經沒了中段或結尾，它們往往有的只是一個開頭，一個不斷在開頭的開頭。"
>
> 名導演史蒂芬・史匹柏（Steven Spielberg）

　　千千萬萬要把故事關閉成一個完整的迴圈：解釋你的故事是如何連結到一個更大的訊息上，好讓聽眾能滿

載而歸。可以直球對決就別扭扭捏捏，所以你該說的是：「記住，擴產不必然等於你要舉債。站在你面前或站在浪頭上的客人，或許就是你最棒的投資人。」故事的順利收尾可以確保你的故事不會沒有重點，而且聽眾也能順利接收到重點訊息。

選對故事，你就能帶著你的聽眾踏上一趟小小的旅程，讓他們從「那聽起來好像我」出發，最終抵達「我也想這麼做」的目的地。故事屬於強力訊息，你會希望聽眾能認同主角，替主角加油。如果處理得當，聽眾會衷心希望故事的主角能夠得償所願。

能豐富故事的常見線頭

你要盡量在上述故事的三部分中加入下面五樣元素：

1. 添加質感和細節

麥爾坎・葛拉威爾（Malcolm Gladwell）在他家有如圖書館的書堆中閱讀著生了灰塵的期刊，希望從中挖掘出有潛力的題材。他那不受地心引力影響的髮型，就像是在馬拉松式的研究過程中被一根根拉起。一旦找到值得大寫特寫的題材，他就會精心打造一個能引發共鳴的

故事去跟人分享。他的頭五本書，包含《決斷 2 秒間》（*Blink: The Power of Thinking Without Thinking*）、《異數》（*Outliers: The Story of Success*）、《引爆趨勢》（*The Tipping Point: How Little Things Can Make a Big Difference*）在內，通通是《紐約時報》暢銷書。他的 TED Talks 演講觀看數超過 1500 萬次，而要他上臺演講需要花費高達數萬美元。他初試啼聲的 podcast 是如此之成功，葛拉威爾直接成立了一家製作公司 Pushkin Industries，並找來其他才華橫溢的說故事者一起錄製更多的 podcast 節目。

每回在書中介紹新角色出場——不見得是主角——葛拉威爾都會盡量加入描述其外貌的一句話，為的是讓你在自己的想像中賦予他們形體和定義。在他名為《選擇、幸福與義大利麵》（Choice, Happiness, and Spaghetti Sauce）的 TED Talks 演講中，他介紹主角出場時是這麼說的：「霍華德大概這麼高、圓圓的，60 多歲，他戴著一副大眼鏡，一頭日漸稀疏的灰髮，充滿某種令人稱羨的朝氣和活力，喔對了，他養了一隻鸚鵡，他熱愛歌劇，他還是中世紀的歷史迷。」葛拉威爾幾乎每說一個新故事，都會從確切的日期和地點講起。

細節可以增添故事的可信度。研究顯示目擊者的證

詞如果包含與案情有關的細節，說服力就會大增。[30] 但請注意：細節的效果會逐步遞減，所以切忌過度使用。

關於添加質感和細節到你的故事裡，以及點名並稍加描述故事角色，每次我讓我的客戶這麼做，他們的臉都會變溫暖柔和，他們的聲音則會變得生動，而結果就是他們身為講者會感覺更有人味，他們的故事則更能讓人貼近和相信。

2. 納入具有情緒張力的對話

我人在一棟玻璃帷幕大樓的行政樓層，隔著桌子和我面對面坐著的是一名能源產業高層。她身穿大膽的條紋修身外套，腳踩方跟高跟鞋。她開口說的是，「那傢伙真的是傲慢到讓人無法相信，那家公司的人我再也不用了！」她口中的那個傢伙是她花了百萬美元請來的專案經理，負責她公司專案的日常運作，而她剛剛的評語正是身為客戶，不容質疑的評論。我問她，「你把事情跟對方的客服主管說了嗎？」

「我願意講啊，但他們有興趣知道嗎？他們又沒問。我們可是每年砸上千萬買他們的服務耶。以後他們還想吃到我們這塊派？啪！沒了。」

你說哪種做法比較有趣：平鋪直敘地說我的客戶受不了傲慢的人，還是透過對話讓這種感情生動起來？怎麼做更能讓你在演講時給人鮮活的感受？想確切為你的口吻注入生氣，最簡單的辦法就是事前計劃好可以被口語對話（例如，啪！）帶動的內容，並親自用雙手強調對話中的重點。試試看！

百大講者都是平均幾分鐘就會用上一次對話，布萊恩・李托（Brian Little）也是其中之一。身為哈佛心理學教授，他從事內向與外向人格的研究和口語推廣。在他名為《說真的，你是誰？人格之謎》（Who Are You, Really? The Puzzle of Personality）的 TED Talks 演講中，他向現場聽眾表示，他本人是極端內向人格的天花板。

他看起來很有教授的架式：舒適的黑色皮鞋、胸前口袋的酒紅色方巾呼應著他同色系的圓領毛衣，還有一頭賞味期限超過大概一個月的捲髮。

他對臺下說的是，「我打算跟大家分享一些事實和故事，我相信各位可以從中看到自身的倒影。」為了說明內向者和外向者的溝通方式有何不同，他說了一個他和同事湯姆共事的親身經驗，他說這世上跟自己最最不一樣的人，就是湯姆。

　　他解釋說他們借調了一個叫麥可的人來支援某企劃案。而當案子告一段落後，派麥可來支援的主管問了李托與其同事的意見：

　　「你們覺得麥可表現怎麼樣？」

　　我說，「這個嘛，麥可確實偶爾會表現出讓我們某部分人感覺正常來講，或許不太有必要的強硬。」

　　湯姆翻了個白眼說，「布萊恩，你講話也太繞了吧，要我說他就是個混蛋！」

　　身為內向者，我可能會客氣地影射這人的行為模式中存有若干「類混蛋」的特質，可是我不會輕易把混蛋兩個字說出口。但外向的湯姆則會說：「要是他走起路來像個混蛋，說起話來像個混蛋，那我就叫他混蛋。」我們可以說完全沒有相似之處。

　　就在這種活潑的交流當中，李托的演講活了過來。對話讓在講述重點的他充滿了生氣，也在讓聽眾坐不住的過程中發揮了重要的作用。

　　詹姆斯・維奇（James Veitch）正在走向百大講者榜的巔峰。他名為《你回覆垃圾電子郵件時會發生的事情》

（This Is What Happens When You Reply to Spam Email）的精彩演講，就是完全建構在一個由對話推動的故事上。那不太會是我們一般人會發表的演講，但如果你還沒有看過，我強烈推薦。

3. 追求真實性

「我沒辦法聊 F1 方程式賽車。我也不看賽車，那就不是我！」琳達的這個立場相當堅定。她領導的專業團隊多達 6000 人。大家崇拜她，而且有充分理由支持這份崇拜。她兼具職業運動員的求勝心、謀士的策劃能力，還有《週六夜現場》（*Saturday Night Live*）主持人的過人魅力。而且她是真貨。

「我也不希望妳去聊妳沒感覺的事情，」我告訴她。「那要是妳有很正當的理由要去聊 F1 賽車呢？」這時她想起了她跟她女兒曾去過蒙地卡羅，也就是 F1 摩納哥大獎賽（Grand Prix de Monaco）每年春天舉辦的地點。她想起了曾跟人提過那場大獎賽，還有她是如何對賽車「運動」有了一些瞭解——這裡的運動會有引號，是因為她用雙手比出來了，我只是照搬而已。這段回憶讓她有了切入故事的正當性，而她也就用這故事去調整了其團隊面

對合作時的想法。

你的故事要能忠於你的人設。在你篩選要講的故事時，切勿過早把看似和你調性不合的故事扔開。有時候你需要的，只是一個具有大義名分的切入點。

4. 追求可信度，避免浮誇

我曾不小心偷聽到某人對一名同事說道，「喔天啊，我不相信她。她講話都太誇張了！」為故事增色是一回事，渲染或誇大又是另外一回事，那當中是有條明確界線的。後者會侵蝕故事的可信度。為了保存可信度，你萬不可越過那條線。或萬一你越線了，也最好能坦白地告訴大家：「我是為了效果而誇張了一點……」

可信度的根基在於真實性。一名叫傑夫的訴訟律師跟我說過，「我們一向在作證前鼓勵客戶，『不用想在證人席上扮演聖人。』」對缺點坦承不諱會讓我們的故事更加可信。

5. 確認故事與演講目標一致

故事好歸好，我們仍不該為了說而說。故事應該要為了我們的溝通目標服務。想讓你的聽眾去啟發別人，

你可以說個故事，而且故事裡的某個人就以恩師之姿改變了年輕專家的人生，結果師生之間都感覺獲益良多。年輕人可能懂得了如何慎選專案來累積寶貴的經驗，而前輩則學會了如何使用新時代的軟體。

🎙 讓聽眾有代入感	🎙 觸動見解與發現	🎙 讓聽眾不虛此行
介紹討人喜歡的主角出場＋創造張力。	提出解決方案，藉此讓人獲得新知或溫習經典的教訓	化解張力並納入具（正／反）啟發性的結局＋合攏迴圈，讓故事線連結到你的上層訊息。這麼做可以確保你講話有重點！
賽吉的志向：量產衝浪板並行銷全球。	賽吉學會透過股權募資，也瞭解到善用現有粉絲網絡來尋找潛在投資者的重要性。	賽吉：募得資金並讓營收增加了十倍。資金來源可以很多元，包括你的粉絲也是一種。
賽吉的挑戰：需要資金但不想舉債。目標和現實間出現拉扯的張力。		

交織在上述三支骨幹之間的常見線頭包括：
• 添加質感和細節：**賽吉是衝浪冠軍，住在聖塔克魯茲，自有品牌叫 Ripline。**
• 納入具有情緒張力的對話：「**我還是想看到我的玻璃纖維寶貝出現在世界各地最棒的浪頭上**」跟「**太爆棒了，哥！**」
• 追求真實性：**賽吉是你的客戶，而你提供私人金融服務，所以你說這樣一個故事也是很合理的。**
• 追求可信度，避免浮誇。
• 確認故事與演講目標一致：**介紹股權籌資和人脈重要性的目標可以因為這個故事而獲得強化。**

如果把賽吉的案例套進建立故事的祕笈裡，結果會如左頁表格所示。

你該說多少個故事呢？

作為一個基準，百大講者會在 18 分鐘的演講中敘述兩個故事——一個是講者第一手體驗過的親身經歷，另一個是從別人口中聽來的二手故事。有很大的機率你會起碼需要一個故事。

> "
>
> 頂級的講者，例如美國總統或博士級化學家，會不吝惜用大量充滿力量的小故事去為他們的演說增色。事實上，最有影響力的演講往往不過是這類小故事的串聯，這些小故事由某個輪廓鬆散地串起，然後只支持共同的一兩個大概念。
>
> 湯姆・彼得斯（Tom Peters），史丹福商業博士、麥肯錫前合夥人、暢銷作家兼知名講者
>
> "

你可能會想，「我又不賣衝浪板。要是我賣的話，我自然會有很多故事。但我就不賣啊，我就是都講乾不啦

嘰的純理論、純概念，不行嗎？」你先別急，聽我講下去。

假設你必須在演講中談到各種統計數據。這麼說或許對統計專家們有些失禮，但如果要說全世界我最不想打開的書，應該就是統計學。除非那本書正好是麥可‧路易士（Michael Lewis）寫的《魔球》（*Moneyball: The Art of Winning an Unfair Game*）。那是本暢銷書，而且由布萊德‧彼特（Brad Pitt）主演的改編電影還獲得六項奧斯卡獎提名。對一本講統計的書而言算是很不錯了。

在這本書中，路易士講述了美國職棒奧克蘭運動家隊總教練比利‧比恩（Billy Beane）的故事，內容包括他如何利用統計學嘗試打敗紐約洋基之類的豪門球隊，要知道洋基的薪資總額是運動家隊的至少三倍。路易士三言兩語就讓你成為比恩的啦啦隊，因為你會發現他求勝的意念極強，但在選手時期卻又受過不少挫敗。你會得知有個女兒的他是個好爸爸。比恩捉襟見肘的薪資預算和他想打敗邪惡帝國洋基的欲望形成了拉鋸的張力。你會希望比恩能贏。即便他不可能贏得世界大賽冠軍，你也會覺得看著他努力是件很精彩的事情。路易士用一個逆境中角色的故事去突顯統計學的力量和它能帶來的以小搏大的優勢。你也應該去找到你的比利‧比恩，然後

設法讓枯乾的題目重生。

守密義務又當如何？

你要是擔心違反與客戶簽訂的保密協議，這裡有幾個選項供你參考：直接徵詢當事人的許可；移除具有辨識性的姓名、產業、個資等訊息來讓故事匿名；創造一個我們馬上會談到的假設性案例。

故事的類型

在與工作相關的情境中，下面是三種你應該會覺得好用的故事型態：

1. **假設性的故事：創造現實中不存在的故事，讓你想說的東西變得可親**——我們誰也不要騙誰了，稅務律師不是第一種會被想起的優秀講者，所幸世間有像大衛這樣的異數。作為一名高挑的南方人，頭上掛著他的閱讀眼鏡，大衛是一名有著音樂家身分的紐約執業律師。他不是典型的稅務專家。他讓全場熱血沸騰，讚嘆聲此起彼落，靠的演講題目是——不要嚇到喔——稅法遵循。

他站在一群沒有稅務背景的普通聽眾面前說道，「容

我跟各位介紹一下布巴（Bubba）。我老家是德州，所以我可以很驕傲地用上這個意思是『老兄』的俚語。布巴在歐洲生活和工作已經有十年了。現在我們假設布巴投資了一些 IBM 的股票，入手價是每股 10 美元，賣掉的時候是每股 110 美元。」

隨著這個故事開展，大衛在白板上畫起了布巴住過的一系列地方，還有他一路以來做過的投資：「布巴養成了對勃根地紅酒的愛好，最後索性在產地之一的法國伯恩丘（Beaune）買了棟別墅，並在那裡和他的鬥牛獒犬巴奇同住。」在那裡，布巴忍不住買了一支叫作阿里巴巴的股票，當時這支股票剛在美國以每股 68 美元的價格上市。

然後他這麼問了聽眾：「在這種情況下，布巴要繳給他 20 年沒住過的美國多少稅款呢？」

不令人意外地，聽眾答不出正確的金額。大衛於是解釋了為什麼美國人因為俗稱「肥咖條款」（FATCA）的「外國帳戶稅收遵從法」（Foreign Account Tax Compliance Act）而必須繳納新的稅款。

聽眾中其中一名大衛的合夥人說道，「我第一次知道有人能把稅務的演講說得如此寓教於樂。」

要把抽象的題目說得有趣，有它的難度，但如果你

能創造出一個假設性的場景來誘導聽眾，讓他們看到的東西從整體情況（從外國投資美國標的的美國公民）變成具體個人（從法國伯恩丘投資美股阿里巴巴股票的布巴），那你就有機會做到大部分講者都做不到的事情。

利用假設的場景將聽眾從泛泛之論提取出來，放到有趣的具體個案裡。

2. 隱身的個案研究：用故事來把解決問題的過程變得栩栩如生——我們最不想陷入的狀況就是成為眾矢之的，而也正是因為害怕這一點，羅賓才緊張兮兮地在電話裡跟我說，「我收到了一個手榴彈一樣的講題，我要死在臺上了。」

羅賓是育有三個孩子的父親，而他完全會大方承認自己沒時間去讓那頭捲髮聽話，也沒餘裕去把他的粗框眼鏡弄乾淨。最近才當上公司合夥人的他急於建立自己的聲望，所以才請行銷部同事替他接下演講邀約。沒想到行銷部還真的不負他所望，這下子換成他要緊張了。

我請他多解釋一下他身處的狀況。「我要講的題目不僅枯燥無聊，聽眾也可能不感興趣。我得跟紐約市的 400 名國際專利律師談加拿大在保障創新實務上的改革經驗，

談我們的專利制度是怎麼從所謂的『先發明制』變成『先申請制。』」

「這聽起來是不簡單，」我說。

「喔，我還沒說完。我排到的還是整天會議中最爛的時段，下午一點半，那時所有人都會因為剛吃飽而昏昏欲睡。更慘的是，我公司裡的資深成員都會到場見證我的自我毀滅。」

在幾次深呼吸和一番苦笑之後，他還是只能著手準備演說。他憑空創造了兩個假想發明家，兩個人都有想要保護好的心血：其中一個是加拿大發明家叫瓊‧賈克‧卡努克，另一個則是美國發明家叫洋基‧杜德。這兩人都發明了用豬肉做成的「盔甲」，其中加拿大人的作品是用冷凍培根做成的冰上曲棍球護具，而且打完球還可以把這護具拿去解凍、烹煮，當成賽後進補。美國人的作品則是用三層肉做的防彈背心。羅賓描述了這兩名發明家將各自如何保護他們的發明——美國專利申請是採先發明制，加拿大是採先申請制——來說明加拿大以前的做法，以及加拿大和其他國家的現行做法，還有美國未來可能的做法。

在下午休息喝咖啡時，大家紛紛不請自來地跑來誇

獎羅賓，「你真是一股清流，我既學到了東西，又覺得非常有趣！」

遇到演講好像不容易講好的時候，羅賓要我們記住，有時候我們需要的不是一件能讓人化身為英雄的披風，而只是一點點的創意和一個假設的場景。那場景或許並非真有其人，但卻照樣可以讓枯燥的題目變得豐富有趣。

你不見得需要把那些假設編成一個故事，你可以直接讓他們扮演真實的案例。百大講者每三分鐘就會使用一次非故事性的假設場景。

羅賓的演講和我所講述關於羅賓的故事，是不是讀起來都像是個案研究？不，好像不太像。但其實它們扎扎實實地就是個案研究，只不過它們包裝成故事所以你看不出來而已。

我故事中的第一部分勾勒了羅賓所處的困境，並創造出張力（講題冷門、演講的時段不友善、公司的前輩會來看）。解決方案是用虛構的發明家來解釋不同國家的不同智財權制度。結果是聽眾的反應很好（寓教於樂）。

在很短的時間裡，這個個案研究帶著聽眾走過了從「我好像也可能遇到這種狀況」到「我也想要那種結果」的旅程。用個案研究引出的強力訊息，隱藏在故事裡。

🎙 讓聽眾有代入感	🎙 觸動見解與發現	🎙 讓聽眾不虛此行
介紹討人喜歡的主角出場＋創造張力。	提出解決方案，藉此讓人獲得新知或溫習經典的教訓	化解張力並納入具（正／反）啟發性的結局＋合攏迴圈，讓故事線連結到你的上層訊息。這麼做可以確保你講話有重點！
羅賓的志向：建立聲望，把演講講好。	**羅賓創造了兩個虛構的發明家，並藉此來說明他們要如何在各自的國家中捍衛自己的智慧財產，順便帶出不同專利制度的探討。**	**羅賓喜出望外地得到了聽眾的肯定。**
羅賓的挑戰：講題冷門、時段不友善、資深同事會來看熱鬧。		

交織在上述三支骨幹之間的常見線頭包括：
- 添加質感和細節：羅賓是三個小孩的爸爸，戴著粗框眼鏡；他要在下午一點半對 400 名紐約市的專利律師演講；瓊‧賈克‧卡努克和洋基‧杜德是兩名用豬肉做出身體盔甲的發明家。
- 納入具有情緒張力的對話：「我排到的還是整天會議中最爛的時段……公司裡的資深成員都會到場見證我的自我毀滅。」還有聽眾回饋說：「你真是一股清流，我既學到了東西，又覺得非常有趣！」
- 追求真實性。
- 追求可信度，避免浮誇。
- 確認故事與演講目標一致：**故事強化了「你可以用假設的場景讓講題從枯燥變有趣」的訊息。**

　　只要符合你的目標和聽眾的需求，那個案研究絕對可以是一項幫助你教育聽眾，讓聽眾對你和你的看法產生信心的利器。個案研究並不需要搞得好像是要投稿到

科學期刊一樣。你只需要用故事去裝扮它們，就可以引燃更多火花。

把假設性的個案研究包裝成故事，藉此讓枯燥的講題引人入勝。

如果把羅賓的豬肉發明家案例套進建立故事的祕笈裡，結果會如左邊表格所示。

3. **類比**：**使用平行故事來變換視角並產出可能性**
——如果人可以領養一個祖父的話，那班傑明·山德爾（Benjamin Zander）絕對會是不少人的首選。有他在的場合就會迸發熱情，而且你會覺得他的一頭銀髮好像帶著靜電，摸上去就會被電到。他的身分，是波士頓愛樂管弦樂團（Boston Philharmonic）及其青年管弦樂團的音樂總監，同時他也是《自我轉變之書》(*The Art of Possibility : Transforming Professional and Personal Life*）的共同作者。如何幫助人們看見更亮麗的未來並踏上追尋之旅，是他念茲在茲的事情。他是 TED Talks 的百大講者，並在 2008 年發表了讓 TED Talks 聽眾如癡如醉的那場演講：《古典音樂擁有能改變人的力量》(The Transformative

Power of Classical Music），並在其中分享了一個堪稱經典的寓言：

1900 年代有兩個業務員跑到非洲去的故事，你們應該很多人都聽過。他們被派到那裡，是要去評估在非洲有沒有賣鞋的商機，最終他們都發了電報回曼徹斯特。其中一人在電報中說，「完全沒搞頭。必須停止計畫。非洲人不穿鞋。」而另外一個人則寫的是，「非常有搞頭，非洲人都還沒把鞋穿上。」

換成山德爾，他把比喻說得十分明白，主要是他覺得古典音樂就是那些還沒被人穿上的鞋子。「有些人覺得古典音樂正日漸衰亡。也有人覺得，『你們的古典音樂品味還沒被開發』。而與其談什麼數據和趨勢……我覺得我們今晚應該來一起做個實驗。好吧，其實也不算是真的實驗，因為結果我已經知道了。」

山德爾接著對聽眾示範了古典音樂可以如何讓他們變一個人，而且他不是單純在聽眾面前這麼做，而是陪著他們一起。他讓全場大都自認是音癡的 1600 人哼出了一首蕭邦作品的最後一個音符。他們第一次嘗試就把這

個音給唱對了。他在演講的最後又搬出了另外一個和鞋子有關的故事來前後呼應，既為他的論述畫上一個完美的句點，也讓聽眾心中燃起一股想重新享受並分享古典音樂的欲望。幹得好，班，不過這對你也只是剛好而已。

為了讓大家理解用故事類比在商業世界中的強大力量，我們一起來看看專業上的穀倉效應（The Silo Effect）。[*]

假設今天我們在專業服務的領域中有一個價值數十億美元的挑戰：你要如何讓一群各自為政的專家改變他們跨界合作的方式？我們到處都能看到自成一格的專業服務。你有多常得為了住院的自己或家人在醫院各部門之間跑來跑去，代他們進行橫向的聯繫？許多病人都曾辛苦地研究自己到底該看哪一科，又該找哪一科會診才好。

在舉世聞名的梅約診所（Mayo Clinic），他們的做法不太一樣：他們採用的是一種基於團隊的策略。他們會組成團隊去檢視個別病患的需求，以便讓院方得以提供

---

[*] 指企業內部因缺少溝通，部門各自為政，就像一個個高聳獨立的穀倉，沒有橫向的協同機制，彼此鮮少往來或分享資源。

更理想、更細緻，同時整合度更高的治療。

幾十年間，專業諮詢、會計師、顧問業都曾致力於提供他們各自的服務給客人。唯獨少了橫向協調，他們鮮少有人能交付豐富且無縫接軌的服務內容。我們需要少一點穀倉的自成一格，多一點梅約診所的聯合看診。

所以你要如何讓人改變他們的穀倉心態呢？嗯，假設你是米約——不要跟梅約搞混呦——這家 1 萬多人公司的人資主管，又假設你演講的主題是餐廳，而且還不是隨便一家餐廳。你要講的是諾美德餐廳（The NoMad）跟麥迪遜公園 11 號餐廳（Eleven Madison Park）這兩家都有米其林星星的紐約餐廳。

米約是一名身穿明亮印花西裝外套，樂觀的態度挺符合大權在握之人的高層主管。她站在 T 字型的舞臺上，對著 2000 名公司同事們發問：「你們要如何讓高級餐飲改頭換面？如果你屬於一般人，那你的思路就不外乎會是下面兩條裡的一條：強調餐廳中的用餐體驗，或是專注於廚房裡的菜色製作。」她解釋說，放眼歷史，餐廳的發展不外乎這兩個面向之一，而不是兩者兼具。「但大衛·哈姆（David Humm）和威爾·吉達拉（Will Guidara）的合作打破了這個傳統。他們最近才剛登上了世界餐廳 50

強的榜首，為他們的米其林星系再增添一顆星星，」她說。

然後米約才補上他們在餐廳經營上另闢蹊徑的背景故事，也說明了為何這種新策略創造了出色的外食體驗。哈姆主廚向來任職於米其林星級的高級歐洲餐廳，當中像是葛波夫賓館（Gasthaus zum Gupf）就位於瑞士阿爾卑斯山區的中世紀大學城聖加侖。當在考慮要不要購入麥迪遜公園 11 號餐廳的時候，他意識到自己需要個生意上的合夥人，而不是員工，來負責餐廳的營運。在這些高級餐廳廚房中工作的壓力和完美主義是如此之極端，任何米其林「掉星」的事情都有可能讓人想不開。哈姆花了六年時間在高檔餐廳廚房裡，過著每天工作 16 小時的日子，但他進到餐廳外場的次數是：零。對於自己做出來的食物在出了廚房傳遞到外場後究竟發生了什麼，他一問三不知。

一般的主廚很少這麼想，但哈姆認為我們最棒的食物記憶是源自於跟所愛之人在美好的環境中享受良好的餐食。換句話說，光靠食物創造不出這樣的記憶。美食記憶需要所有的條件被整合在一起。所以他才決定與在高級餐飲中長大且對服務滿懷熱情的威爾·吉達拉聯手。這對搭檔為餐廳創造了魔力。參考她從《浮華世界》（Vanity Fair）訪問這組搭檔的內容中所讀出的心得，米約

解釋這兩人相信他們的餐廳是一個讓來客與彼此產生連結的場所，而他們針對用餐體驗的設計也是在鼓勵這種連結。「他們把切開但沒切斷的麵包放在餐桌中央，好讓想吃的人需要伸長了手去掰一片下來，」米約邊說邊在想像的餐桌上延伸身體。「有時候他們會納入遊戲的元素，像是『你喝得出這是哪種奶嗎？』。這代表他們會準備四款摻有不同動物奶製成的巧克力：牛奶、山羊奶、綿羊奶和水牛奶。客人必須猜對四種奶才算贏，而猜的過程就能讓整桌人拉近距離並增進感情。」[31]

誰會不想在這種餐桌上吃飯，是不？外食者渴望的不只是盤子裡的佳餚——我們也渴望真實的人際連結，而哈姆和吉達拉就提供了這一點。他們體認到有一些魔力是可以預先安排的，但也有一些最強大的神奇用餐體驗只會在脫稿演出時誕生。米約分享說他們的員工裡有一個職稱是「織夢人」，而這人唯一的職責就是創造神奇的瞬間。這一段話由她嘴裡說出來顯得非常有畫面：

　　吉達拉說，「我們希望在這個愈來愈需要來點魔力的世間，我們的餐廳可以是個有一點點神奇的地方。」他身邊有一家人是從歐洲來玩的客人，其中一個人說，「天

啊，這是我玩過最棒的一趟紐約行。我們在一大堆棒極了的餐廳裡吃飯。我們唯一錯過的就是紐約街頭的熱狗。」

米約解釋，參考了織夢人這個職位的設計初衷，吉達拉去找了他的合夥人說，「主廚，好吧，我知道你這20年來都在精進你的料理。但我有點希望你去人行道的攤子買份街邊的熱狗，當成要端出去給他們的下一道菜。」

米約強調他們能做到這一點，完全是因為兩名合夥人之間有著足夠的信任。哈姆把熱狗的賣相弄得很美，而且還另外添加了他自製的德國酸菜和調味料，才把最終的成品端出去。而他這番想讓這組歐洲客人永生難忘的努力也沒有白費，因為那份熱狗順利成為整頓飯最大的亮點。」吉達拉說，『就是這些就地取材和隨機應變的瞬間，才讓整頓飯變得充滿記憶點。所以你得訓練你的員工豎起耳朵，注意這些契機的出現。』」

到了這個點上，米約的聽眾已經欲罷不能地聽著她的一字一句。當然不可諱言地，有些聽眾會愈聽愈納悶，他們會想說米約講這些猜牛奶和買熱狗加酸菜的故事，到底跟他們從事的顧問服務業有什麼關係。關於這一點，米約也送上了她的回答：「我們需要訓練員工耳聽八方並

即興發揮。我們必須認清的一點是，當我們只把單一穀倉的服務帶到市場上時，我們等於是限縮了用餐者的體驗。」她停頓了一下然後繼續說道，「只有當餐廳中的賓至如歸和廚房裡的合作無間結合在一起，我們才能把對食客的服務提升到無與倫比的層次。」

　　下了臺，米約得到好幾名合夥人的邀約，他們都希望她可以在其他論壇上把這天的內容重講一遍。她的同事們寫下了她的訊息是如何讓他們有所共鳴，也寫下了他們打算隔天把織夢者的概念跟自身團隊分享的計畫。滿屋子慣用左腦且篤信資料的專業人士，就是這樣熱切地回應米約的故事。

> "
>
> **好的故事對上好的試算表，選前者就對了**
>
> 克里斯・薩卡（Chris Sacca），天使投資人
>
> "

用故事類比去解釋策略，把鐵屑排列整齊。

類比與隱喻

故事可以是類比，但類比當然不是非得存在於故事裡才行。隱喻和它的兩個親戚——類比與明喻——並不是什麼新鮮的玩意兒。從英國二戰名相邱吉爾的「鐵幕」之說到民權運動大將小馬丁·路德·金恩的「我上到山巔……見到了應許之地」，歷史上一篇篇偉大的演講都有滿滿的隱喻。只是隱喻往往在多數人的言談中缺席——可以把事情說清楚又讓人記住的機會，就這樣被錯過了。

✦ 交響樂裡的刺刀術與血淋淋的指揮

想像你立於站臺上，背對席間的聽眾，眼前是上百名世界級的管弦樂樂手，你要如何讓這些專家知道你希望他們更用力地演繹一首曲子呢？

如果你是古斯塔夫·杜達美（Gustavo Dudamel）這名委內瑞拉出生的洛杉磯愛樂指揮，那你就會把這種力度比喻成用刀狠狠地捅人。「這很好，這個，」他邊說邊作勢要用指揮棒去刺什麼，「但並沒有血流下來。」他補充說。「血必須要在你的臉上，」他把手往上伸，描述血

噴灑在臉上的模樣。[32]

運動員體格的他身穿緊繃的黑色短 T 站在樂團面前。首演舞臺上的指揮鮮少擁有你會想看到穿著緊繃衣物的身材（他之所以成為指揮，是因為他意識到自己的手臂不夠長，演奏不了伸縮喇叭）。隨著他讓樂團再一次開始演奏，身為領袖的他用像是要把骨頭弄斷的動作在揮動著指揮棒，那動能迴盪在他一圈圈的捲髮上，至於他同時吼出的呻吟聲則會讓你納悶自己究竟是來到了演奏廳，還是職業網球場。

他們停了下來。「現在我們有血了！很多血。」

杜達美的天分高到他 26 歲那年就已經在米蘭的斯卡拉大劇院指揮過；在琉森音樂節指揮過維也納愛樂；也在梵諦岡指揮過斯圖加特廣播交響樂團。洛杉磯愛樂的指揮按例應該要有班傑明‧山德爾的資歷，而不應該是個說著西班牙語的火爆小子。杜達美獲得內定時才 27 歲。

翻開他的履歷，你會發現他有著深厚的古典音樂素養。但當你實際看到他溝通時，你就會明白他是如何做到讓一群專業樂手演奏出聽眾欲罷不能的音樂。如我們所見，他非常倚重的一項工具正是隱喻。

他在電視上的演出讓我徹底折服，以至於我立刻去

查詢他的巡演日程，買下了我人生第一張多倫多交響樂
團的演出門票——我圖的就是能親眼看到他指揮的風采，
聽音樂則是順便的。結果他確實十分迷人，我第一次發
現古典音樂也能這麼好聽。

隱喻就是如此強大，尤其是當你用它來描述抽象的
事物時，而這個抽象事物在杜達美的例子中，就是「用
力去演奏」。百大講者每三分鐘就會派隱喻出場一次。我
的客戶則幾乎沒人這麼做。但其實只要讓隱喻成為你的
助力，你就能登上更大的舞臺。

隱喻能有此神效的關鍵在哪裡？事實上原因不只一
個，且讓我們一一深入瞭解一下。

果醬甜甜圈和你的診斷

「你知道醫生的英文『doctor』在拉丁文裡寫作『docēre』，
而且意思是教學的『教』嗎？我對我工作中『教』的這個
部分也很重視——不光是教育醫學生，我也很看重如何教
育病人。」道格・理查茲（Doug Richards）之所以說這番
話，是回應我感謝他總是不厭其煩而且沒有架子地把事
情解釋給我聽。

理查茲醫師從 1989 年起，就一直在多倫多擔任大

衛・L・麥金塔運動醫學診所（David L. MacIntosh Sport Medicine Clinic）的臨床主任。他另一項特色是他的衣服，他的醫師袍好像從來不曉得世上有種東西叫熨斗。就算他的衣服好像從來沒被熨斗燙過，看起來皺皺巴巴，但他的溝通能力倒是很像一只強大的熨斗，總是讓人感到熨貼舒適又印象深刻。

我們大多數人在人生的某個時刻，都會需要從醫師口中接下某個有可能改變人生的診斷結果。如果說有什麼時候我們會最希望自己能聽懂專家在說什麼，那就是他們在解釋我們身體發生什麼事的時候了。這時候，我們需要的就是比喻。

假設你剛購入了一個世代中期現代主義（Mid-Century Modern）的櫃子要當電視櫃，結果在搬運時滑倒。你閃到了腰，然後被診斷為椎間盤突出。理查茲醫師可能會跟你解釋，椎間盤是兩段脊椎骨之間的襯墊，它有一個比較硬的外層和一個比較軟的內層，就像一個迷你版的果醬甜甜圈。而這次你受傷的情況就是外層裂開，有一些果醬跑了出來，壓迫到神經──這就叫椎間盤突出。

類比和隱喻是把技術落差連結起來的利器，主要是它們用上了聽者可以理解的平行參照框架。再來就是在

門診時聽到甜甜圈這三個字，也會讓人比較有心情聽下去。

使用類比和隱喻去橋接起技術落差。

巴菲特談短線波動衝擊

只要對股市稍有瞭解，你就肯定看過某些股票在短期內往往特別受到追捧，而它們的股價會特別高。這類股票常見於社群媒體、大麻、共享辦公室或共享交通等產業。對於股票的短線和長線表現不同，你會如何解釋？

「就短線來說，股票市場是一臺投票機……但長線來看，股票市場是一臺體重計。」[33] 這是華倫・巴菲特（Warren Buffett）給出的解釋。相對於很多人會搬出有希臘字母的數學公式或背離均線的理論，巴菲特的說明更清楚，也更能讓受到短線波動衝擊的投資人內心先穩下來。（當然要用希臘字母的公式也難不倒巴菲特，畢竟有些投資人的背景知識比較充足，但這就是你在縮小牆壁時要去思考的抉擇了。）

巴菲特作為舉世公認的股神，就是有這種把複雜概念說得既清楚又生動的本領。當像巴菲特這類職業投資人剛起步的時候，他們首先需要募得用來投資的資金，而這一點他們是怎麼辦到的呢？很簡單，靠清楚的溝通

讓人對你產生信心。

「優秀的投資組合經理人隨便抓一大把，不稀奇，但既優秀又能把東西賣出去的投資組合經理人身價值數百萬，」說這話的是比爾・霍藍（Bill Holland），加拿大最大的投資公司之一的 CI 金融（CI Financial）董事長。按照這種標準，巴菲特價值數十億美元，他是少有能把複雜概念說到人懂的技術人員。他打造了一架巨大的飛輪，其動能除了來自他過人的投資績效，還有他清楚溝通概念的能力，其中後者之所以能達成，靠的又是他把比喻這項工具玩得出神入化。

使用類比和隱喻讓你的股票上漲。

威浮球或真槍實彈

不論你人在舞臺上或電話中，你都可以用隱喻來創造輕鬆和幽默。曾紅極一時的美國情境喜劇《歡樂單身派對》（*Seinfeld*）主角是喜劇演員傑瑞・史菲德（Jerry Seinfeld），他曾談論關於已婚者與未婚者之間的鴻溝。「我沒辦法跟單身漢相處。你沒有老婆，我們就無話可講。你有女朋友？那只是威浮球而已（一種不易受傷的塑膠棒球，可以投出誇張的變化球，玩法和硬式棒球有

極大差異）。你那只是在打漆彈，我可是真槍實彈地活在阿富汗。」[34]

用比喻去增添人味和幽默感。

> "
>
> 要是有人一直接下他不喜歡的工作，只因為他覺得那會讓他的履歷表變得很好看，我會覺得這人肯定是瘋了……那不就有點像忍著不做愛，說要等到老了再一口氣做完一樣？你總是要在某個點上，開始去做自己想做的事情。
>
> 華倫·巴菲特
>
> "

身經百戰的儒將能教會我們的事情

柯林·鮑威爾（Colin Powell）從美國國務卿、參謀長聯席會議主席和國家安全顧問等要職退休之後，他一共出了兩本回憶錄，還開始了巡迴演講的職涯第二春。在談到領導力時，他提醒我們不要隨便受到旁人的影響。他說：「不要被專家和菁英牽著鼻子走。專家往往依靠更多的資料，而缺少自我判斷。菁英則近親繁殖到他們生

出一堆血友病患，被現實扎一針就會血流至死。」[35] 你要不要數一數這一小段話裡有多少隱喻？

用隱喻去讓你的訊息更生動。

頭、尾巴，還是身體？

我們來玩個文字聯想遊戲。想到「一家科技公司的設計副總」，你會想到的第一個詞是什麼？如果把「一家科技公司的設計副總」換成強・賴克斯，那你的答案就有可能是「策略家」。我前面介紹過賴克斯是傳奇設計公司 Teehan+Lax 的創始人之一。2015 年 1 月，他們被矽谷一家公司收購，而該公司平臺的月均使用人次相當於 1/3 的世界人口。

一個要供 20、30 億人使用的產品，你要如何設計，又該想著誰去設計呢？賴克斯著手尋找這個問題的答案。有一次，他寫了一則短信，當中對公司應該把什麼事情視為當務之急，提出了建議。在信中他使用了冪律分布曲線（power law curve）的頭部、軀體、尾巴來定義市場的三個主要區塊。

處於市場頭部的企業規模大、組織複雜；市場軀幹處的企業屬於中型業者；至於尾巴處的則是那種夫婦經

營的傳統小店。賴克斯解釋了三種企業各有什麼需求，各自存在什麼產品設計的商機以及該進行的順序。他的短信先在高層之間廣為流傳，然後沒多久他就上了講臺，站在公司一個大型部門的全球同仁面前，解釋了他的頭身尾理論。這種一針見血的身體意象就此得到了眾人的採用。

使用隱喻去完成三件事：讓思想清晰、讓策略成形，以及讓你的形象提升。

在涉足市場前，先對你的隱喻有把握

「我不會教你該怎麼寫故事，所以你也不要教我該如何行銷我的公司。行銷我哪還需要你教，」馬克·貝尼奧夫（Marc Benioff）這話是在嗆想給他這個 Salesforce* 創辦人提供一點行銷建議的寫手。[36]

從 1999 年出發，他在 20 年間把 Salesforce 拉拔成市值超過 1600 億美元的龐然大物。所以沒錯，他不需要人教他怎麼行銷。早年的他會說 Salesforce 是亞馬遜（Amazon）和希柏系統（Siebel Systems）的合體，其中希

---

* 一間提供客戶關係管理規劃和服務的網路公司。

柏系統是一家傳統軟體巨擘。「我們的故事是，又大又壞的軟體公司正在勒索企業客戶，而且都是幾百萬美元為單位地在勒，而網際網路就是及時拯救這些客戶的英雄。」貝尼奧夫把他提供的服務連結到大家都耳熟能詳的劇情。

當被問起企業家最常犯的行銷錯誤時，他說道，「在對媒體發言前，我們必須要掌握好要使用的隱喻。我這裡說的並不是某種『金句』，而是一種好理解的隱喻……記者會在報導中沿用你的隱喻，因為他們不可能自己想一個出來。這並非易事，更不是小事。像我就花了不知道多少個小時在這件事上，只因為我認為把訊息傳遞出去是很重要的。」

經由隱喻把正確的訊息傳遞出去。

在要跟任何聽眾講話前，掌握好你要使用的隱喻是很重要的。一如貝尼奧夫所提的，要發想出這些隱喻並不容易，所以我就一起來看看有什麼辦法可以讓你的構思比較順利吧。

> "
> 在糖果店裡賣清蒸抱子甘藍有多難，你想在剪不斷
> 理還亂的公司政策中帶風向就有多難。
>
> 泰瑞・歐萊利（Terry O'Reilly），海盜廣播公司（Pirate Radio）創辦人
> 暨「在影響之下」(Under the Influence)Podcast 節目製作人
> "

✦ 隱喻要從何想起？

　　一般人想要使用類比和隱喻，常見的阻礙有兩件事
情。左腦的偏見會增加其難度。我聽過很多人說，「這事
我做不來。」還有些人會堅持要找到完美的比喻，否則他
們寧缺勿濫。

　　這裡有一個簡單的問題可以幫助你創造隱喻的可能
性：你還能在你生活中的哪個區塊看見你想要談論的概
念？把你生活的各面向都思考一遍，找尋相似之處。

　　我的一名客戶要向他所領導的 800 名組織夥伴演
講。他們歷經了可觀的成長，而他擔心許多夥伴會覺得
他們已經達到了營收的最高峰而志得意滿。他堅信在未
來一年裡，公司應該還有成長的空間。這樣的處境讓他

想起他在阿爾卑斯山騎自行車的經驗。他會花幾個小時沿著之字形的山路而上，登上一座山峰。途中他會一次次以為自己就要抵達巔峰了，但事實證明當他繞過彎道後，後面還有得爬。換句話說，那些都是假的巔峰，看起來像山頂，但其實不是。

他將這個經驗和他們的業務做了對比。他們會努力、會往上爬、會有所成。但那些成就只是中途站，是假的巔峰，事實是他們還在前往更高處的半路。這樣的譬喻發人深省，讓他們更堅定立場，也讓他本人展現出十足的人味——他將他私人生活中的熱情，連結到了公司的未來。

捫心自問：我的生活中有什麼體驗和我要講的核心內容異曲同工？

個性和意想不到的平臺

在不得不演講的時候，你的壓力愈大，你展現出自身個性的機率就愈小。反之，若你能從私生活中挖掘類比和隱喻，那你能讓自己的個性冒出更多頭來，而個性將是你和聽眾之間很好的黏著劑，讓他們更能夠記住你。我在此就舉維賈葉（Vijaye）為例。

　　維賈葉是我在西雅圖的一名科技業客戶，他要向逾千名同事演講。「這是板球，」他開口說道，「這是一種乍看有點像棒球，但其實不一樣的運動。我從小打板球、看板球，而當我看起板球比賽，那可是沒日沒夜外加沒完沒了——要知道有些板球比賽一打就是五天。」

　　他秀出了一張墨爾本板球場的照片，現場有 10 萬名觀眾前來欣賞這場有 22 名球員出賽的競技。他形容了體育場內生意盎然的生態系：小販向球迷兜售食物、飲料和紀念品；球迷拉高了加油的嗓門與球員互動；球隊管理層坐下來招募或交易有潛力的新秀。他解釋球場是這種種連結得以發生的平臺，就像他的團隊建立的網路平臺，是要幫助眾人進行有意義的連結和交易。板球場的比喻讓聽眾得以理解他所謂的平臺，理解他公司的策略，還有更重要的，理解維賈葉是怎麼樣的一名領導者和個人。

從你的興趣中去挖掘比喻的材料。

面對壓力

　　以切題的方式從你的私人生活中取材，可以讓你用一種有說服力且平易近人的辦法突顯你為什麼做你所做之事。

「我的母親在我十歲的時候給了我這支錶，」開頭這麼說的是一名第一線工作經驗有限但熱情滿點的年輕專業者。「幾天之後我把錶拆開。我媽問起時，那被碎屍萬段的手錶已經陳屍在我的抽屜裡，『妳的新手錶呢？妳要不要等一下戴給妳的表妹看？她半小時後會來。』」

講者把一隻手挪到了她的衣領上說，「我可以感覺到熱度升起到我的脖子上，還有額頭上的汗珠。我不能告訴她我已經把手錶毀了，於是我衝回房間，這次我的緊急新任務是把錶重新組好。」說到這她停了一下，笑了笑，然後放低音量說，「在第 29 分鐘，我成功了。」聽眾也笑了。「在那一瞬間，我對於在時間壓力下解決問題上了癮。而這一點也正是我熱愛目前工作的原因。」此時聽眾開始紛紛點起頭來。「我協助岌岌可危的企業轉危為安，避免破產，我超愛這工作。我試著不製造自己的問題，而是設法修好別人壞掉的手錶。」

你可以看看自己能否也聊聊人生中的某個轉捩點，讓大家知道你當時學到了什麼教訓，才會一路慢慢走來成為今天的你。你可以藉此用更有趣和更有記憶點的方式介紹自己，介紹你是做什麼的，或是讓聽眾知道你今天想講些什麼。

探索你個人的掙扎、發現和頓悟。

別人生活中的某個角落……？

從自己的生活中取材來設計類比和隱喻，自然是比較理想的，因為你可以駕輕就熟地聊起這些比喻。但如果你某天不走運，在自己的生活經驗中找不到這樣的隱喻，那你可以擴大思考範圍。你可以問問：聽眾的生活中有沒有什麼地方，是跟你想講的主題有類似之處的？

我聽過一個講者像抹了蠟一樣滔滔不絕地講著，嗯，蠟的事情。他問聽眾：「越野滑雪的霸主是哪一個國家？」這問題問倒了所有人，因為臺下主要是一群橄欖球和夏季運動的群眾，正所謂夏蟲不可語冰。他好整以暇地揭曉答案，「挪威，是挪威。幾十年來，挪威一直霸占著越野滑雪的頒獎臺，而他們的強大來自於三方面：歷史傳承、維京血統，還有蠟。」以蠟為主角的化學論文才開始短短幾秒，他就注意到聽眾開始和他貌合神離。「你們有誰愛騎腳踏車嗎？」在看到聽眾有人點頭後，他便接著說道，「在越野滑雪的時候用錯蠟，就等於你在騎腳踏車的時候輪胎沒氣。所以挪威在上屆冬奧時帶上的補蠟技師不是一個人，而是 30 個人，蠟就是重要到這種程

度。」你可以從聽眾臉上看出他們馬上懂了。

跟朋友或同事，甚至聽眾裡的一員腦力激盪，看看別人有沒有在生活中看過和你所談主題類似的東西。他們或許能提供你好點子，或是不同的視角，甚至他們的壞點子都能扮演火星塞，點燃你心中的好點子。

你也可以問視角截然不同的人會如何解釋同一個概念：科學家、藝術家、運動員、電影導演。如「鐵幕」一般經典的隱喻，或許就在轉角等著你。

與他人共同探索多元且分歧的角度。

降低標準

我常問客戶會如何解釋他們的理念給高中的資優生聽，也就是給一群聰明但沒有背景知識的人聽。你對這個問題的回答很可能會包含類比和隱喻。有時候，一個不夠完美的比喻會比完美的那一個更令人難忘。

承認這種不完美，不是什麼大不了的事情，例如，你可以說「這有點讓我想起……」或「可能不見得能完全對得上，但我會把它比喻成……」。就在你把比喻的精準性降低的同時，你或許反而提高了溝通的品質。

擁抱不完美來創造可能性。

使用引言

引言的使用是演講老將慣用的經典手法。但不懂得多用正式或非正式發言的講者還是占多數，你也很可能就是其中之一。

✦ 添加權威的影響力

演員珍芳達（Jane Fonda）在她 80 歲時發表了一場 TED Talks 演講。她鼓勵聽眾改變他們對於「人生第三幕」的心態，並為此引用了納粹猶太大屠殺倖存者維克多·弗蘭克（Viktor Frankl）在其經典著作《活出意義來》（*Man's Search for Meaning*）中的一個段落：「人什麼都可以被奪走，只有一樣東西例外：最終的自由——在任何一種環境中選擇自身心態的自由。」她在這段權威引言的基礎上延伸說，「決定我們人生品質的，就是這一點，而不是我們是否貧窮或富有、享譽盛名或沒沒無聞、健康或受病痛之苦。決定我們生活品質的，是我們和這些現實的互動方式，是我們賦予這些現實的意義，是我們針對這些現實所抱持的態度，還有我們容許這些現實觸發

我們內心的心境。」

你可以用這些引言為各種客戶的需求和期待注入生氣。我的客戶曾想起她的一名客戶是這麼跟她說的,「我們不明白為什麼會因為一包奇多被請款 1 美元,畢竟我們才剛簽下一份價值 5 萬美元的合約。」這不是什麼莎士比亞大文豪等級的引言,但就是夠尷尬,也夠讓人瞭解從客戶的角度檢查報價單,是多麼重要的一道手續。

借用他人的權威來強化你的論點,讓你獲得打動臺下聽眾的支點。

✦ 勵志調酒

有七個字被印在寬約 10 英尺(約 3 公尺)的辦公室牆上,那是機場附近一棟很典型的玻璃帷幕商辦。那七個字是:「我來此不為平庸。」也確實,這間辦公室裡的成員一點都不平庸。他們是我在超過 25 年的漫長職涯中,所見過一等一的行銷人員——而我可是在亨氏食品公司(Heinz)當過品牌經理的人。這則引言對那間辦公室的成員有用。為什麼?

就字論字,這句話有點空洞。但當這句話從麥可·

喬丹（Michael Jordan）嘴裡說出來之後呢？美國職籃
NBA 的網站上說，「在球迷的心目中，麥可・喬丹是有
史以來最偉大的球員。」[37] 有了喬丹的加持，「我來此不
為平庸」就有了不一般的分量和啟發性。

　　雖說我客戶的核心業務是行銷，但他們主要的價值
傳送機制是人。他們知道如何領導人們，而善用可靠大
人物的發言也是他們教戰手冊中的其中一招。

　　即便是職業 NBA 球員都需要心靈的啟發。在現役
NBA 球團中擁有最高勝率的聖安東尼奧馬刺隊（San
Antonio Spurs）把傳奇記者雅各・里斯（Jacob Riis）說的
這一段話掛在他們更衣室的牆上：「萬念俱灰之際，我會
跑去看石匠狠狠地敲打石頭，也許敲了 100 下都沒讓石
頭表面留下一絲裂縫。但就在那第 101 下，石頭一分為
二，而我知道那功勞並不都歸功於最後的那一下，而是
那一下和之前的 100 下。」[38]

引用他人有一定水準的發言來推動聽眾向前。

✦ 口才外包

　　娜塔莉在蒙特婁的一間宴會廳中登臺，在臺下等著

聽她演講的有 400 個人，全都是她遍布美國的數千人團隊中的幹部。她有著跑者的身材，頭髮優雅地盤於頭頂。她想講法文，但畢竟她的團隊成員大都不會法語，所以她今天會用英文演講。娜塔莉是凡事嚴以律己之人，包括對語言也有很高的要求，所以一想到使用第二語言會讓她的口才無法完全發揮，就讓她有些許氣餒。

當想要傳達承諾的重要性時，她引用了蘇格蘭登山家威廉・H・莫雷（William H. Murray）的名言：「在做下承諾之前，我們有的是猶豫不決，是能抽手的可能性，是一貫的沒有效率……直到我們確切許下承諾的瞬間，神的庇佑才會也動起來，原本絕對不會發生，助人一臂之力的種種事情，才會水到渠成。」

然後她提到承諾為何是今天的主題，承諾如何代表了她、她對她團隊的承諾是什麼，還有他們為了實現未來抱負需要先做到哪些事情。總結下來，她的發言探究了承諾如何在他們業務的四個關鍵中穿針引線。

不論你的母語是什麼，都很少有人能把承諾的力量表達得比莫雷更徹底。

要是找到了能呼應你演講內容的美麗文字，請盡管用出來。

✦ 一笑解千愁

　　1940 年 10 月 27 日，卓別林的一段發言被登在了《紐約時報》上，那段話是這說的：「笑是一種解藥，是一種放鬆，是一種從痛苦中的暫時解脫。」[39] 我當然不希望各位聽眾身在需要解脫的痛苦中，但輕鬆一下沒有壞處——而引言就是笑點一個很好的來源。如果你的講題是人要如何避免陷入和酸民的口水戰，那你就可以參考一下史考特・亞當斯（Scott Adams）說過：「你把時間都拿去跟瘋子爭辯，最終你會累死，而瘋子依舊是瘋子。」[40]

用引言調劑一下氣氛。

✦ 口袋中隨時準備好引言

　　在腦袋裡準備好一些短而有力的引言可以隨時部署，時候到了你一定會感謝自己，正所謂「引言用時方恨少」。我曾不只在一個場合上掏出口袋裡的引言來抓住聽眾的注意力，然後才開始慢慢進入正題：「種樹第一好的時機是 20 年前，第二好的時機是現在。」這是一句中國俗語，也是你可以種在你記憶裡的金句。

放幾個隨拆即用的引言在你的褲子口袋中。

✦ 開採智慧

　　想把引言用得恰到好處，從未像現在如此簡單。你可以在你順手的搜尋引擎中輸入你演講核心理念的關鍵字句，然後在後面加上「名言」(quote)——例如，你演講的主題是「堅持」的重要性，那你就可以用「堅持 名言」的組合去搜尋，然後讓網路幫你變個魔術。在初步跳出來的結果中，你可以再用符合你世界觀的字眼去篩選出文句本身和說話者影響力最大的選手。我剛用「創新 名言」搜尋了跟創意有關的名言，而這句話讓我眼睛為之一亮：

> "
>
> 我們花了很多時間在橋的設計上，但卻沒花多少時間去思考要走在橋上的人。[41]
>
> 普拉菲約・辛格博士（Prabhjot Singh），美國哥倫比亞大學地球研究所系統設計主任
>
> "

這話突顯了同理心的中心準則，並為此推出了一個具體的例證來擔綱鮮明的比喻。這話非常新鮮，一點都不老套，而且出自有可信度的專家之口。

有些人收藏酒，有些人集棒球卡，我則收集可以引用的名言。找到你喜歡的金句，就將它們放進盒子或口袋裡，以備不時之需。就剛剛的一會兒工夫，辛格的話已經進了我的收藏盒。

百大講者平均每十分鐘就會讓名言出場一次。也不要用得太過，否則聽眾包包裡都是你掉的書袋，然後想不起你是誰，也不知道自己都聽了什麼。

真正在使用名言之前，盡量善盡確認的責任。維基語錄和引用調查員（Quote Investigator）都是不錯的起點。

使用證言

✦ 講話不是空有信念就有用

我曾經有個同事凡事都講得信誓旦旦，但大家聽了也不太買單，畢竟他都是空口說白話，也拿不出什麼憑據。你自顧自把話說得煞有介事但又說服不了別人，就

代表你的說法在別人眼中就是個空洞的大餅。「客戶的需要我們都放在心上。」第一人稱的主張要讓人信服,你必須有可信的第三方願意當你的證人:「○○公司(自己填)的企業併購主管說我們是這十年來服務過他的公司裡,最把客人當一回事的合作廠商。」

沒有根據的說詞能免則免。

✦ 給我小舅子最好的禮物

「不知道你有沒有在午夜夢迴時納悶過一件事,就是那些電視購物節目裡說得口沫橫飛的東西都是誰半夜不睡覺在買啊?」說這話的葛雷格站在一間公共部門辦公室裡的灰暗會議室中,面前坐著的都是他的同事。他舉起右手說,「就我在買啊!而且今天我還想跟大家聊聊我十年來因為睡不著而在電視購物上買過最棒的一樣東西。」他把身體重心往前傾,像是要把悄悄話說得讓所有人都聽得到,「那是一臺可以用來保存食物,叫作『替你壓』的真空食物密封機(Tilia Foodsaver)。」

最後我也買了一臺。聽葛雷格講得跟真的一樣,我破天荒看電視訂了一臺,然後把它送給我小舅子戴夫當

聖誕禮物。戴夫的興趣是吃美食和搶便宜。所以說他喜歡去好市多爆買，而密封機就能讓他把買回家的牛肉切成牛排，然後一一真空包裝。他把封好的肉丟到冷凍庫裡，幾個月後他一邊把這些牛排拆封油煎，一邊發誓肉和買回來當天一樣新鮮。他說起食物密封機的興奮之情，一點也不輸他為美國職籃多倫多暴龍隊贏得勝利而開心。

食物密封機的電視購物節目裡什麼多？沒錯，使用者的證言最多，但我壓根不需要去聽那些證詞。葛雷格的背書已經打動了我。研究顯示我們對親友的推薦有著非比尋常的信任。[42]口碑行銷的影響力和對品牌的信任感，正處於一個此長彼消的蹺蹺板。至於口碑的效果為何這麼好？那是因為口碑是一條捷徑，我們可以藉此切穿遮住雙眼的眾多選項，直取正確的解答，只因為我們認識推薦人也願意相信推薦人。

所謂證言，就是利用第三方的評論來強化自身的可信度、說服力，和權威感。當然，你發布在個人網站上或加入到自傳和提案中的正式引言，也算是一種證言，但證言的範圍並不僅此而已。我們每個人都可以增加在溝通中使用證言的頻率和廣度，並且因此受益。

回想一下，你上一次得選擇一項真的不能開玩笑的

產品、服務或體驗——也許你需要找名資安專家來保護組織的內部資料，也許你需要購入一款要價不菲的攝影裝備，也許你需要一名專家來修復你的名牌大提琴，又或許你得帶孩子去某個國家公園體驗泛舟——你要如何才能鑑別出正確的產品、人選或地點？

讓聽眾更容易相信你的說法和能力，為此你可以加入一些第三方對你言論的認證。

如果你平常不會在三更半夜的電視螢幕上吆喝觀眾帶貨，那證言這招你要如何使用呢？

✦ 不要我怎麼說你就怎麼信

假設你要闡明一個很大的重點——而且真的很需要你的聽眾相信——那你就做球給自己，讓自己可以對臺下說：「你可以不聽我的一面之詞，但你可以去看看某某專家是怎麼說的……。」請你去找到你的某某專家，然後在演講中召喚他出場。如果你覺得「你可以不聽我的一面之詞」太刻意，不說也沒關係，反正那只是方便你把證言叫出來的「咒語」。

百大講者之一的蘇珊・坎恩（Susan Cain）貢獻了一場非常精彩的 TED Talks 演講，題目是《內向者的力量》（The Power of Introverts）。她解釋說內向者常在選拔主管職務時被跳過，但其實內向的領導者往往能繳出比外向者更亮麗的成績單。但如果講到這裡就踩住煞車，那她就等於是張口說了一個沒有根據的主張。

雖然你也不用對她說的話照單全收就是了。總之，她接著往下說，「華頓商學院（the Wharton School）的亞當・格蘭特（Adam Grant）教授發現，內向的領導者往往會取得比外向者更好的成果，因為他們在管理積極主動的員工時會比較有可能讓這些員工放手去做，反之，外向的領導者會在不知不覺中興奮到什麼都想插一手，結果就是其他人的創見會較不容易浮出水面。」

試著把句子用「你不用信我……」開頭，然後用讓人信服的證言結尾。

✦ 非同小可的靠山

泰勒・威爾森（Taylor Wilson）看上去就是個會在學校裡被欺負的高中生，而他之所以沒有，只是因為誰來

問他理化問題他都能有問必答。17 歲時，他向一群聽眾說他在車庫裡做出了一臺核融合反應爐，而且那已經是三年前，他才 14 歲時的事！這種驚世駭俗的宣言任誰聽了，都會覺得講的人是在唬爛。（我 14 歲的時候在幹嘛？不要說核融合反應爐，我連床鋪都弄得一塌糊塗。）

關於他自身科研的三分鐘 TED Talks 演講《沒錯，我造出了核融合反應爐》（Yup, I Built a Nuclear Fusion Reactor），威爾森提到他的寶貝反應爐現在有個新家在雷諾，在內華達大學的物理系裡。一身牛仔褲、襯衫、領帶、三件式西裝背心，威爾森像機關槍一樣說起他更多的成就，包括在國際科學暨工程展上獲獎；為美國國土安全部開發出一款只要幾百美元的升級版偵測器，取代了他們現有一臺要價數十萬美元的舊款；還有就是他受邀參訪位在瑞士日內瓦的歐洲核子研究組織（European Organization for Nuclear Research，簡稱 CERN），也就是堪稱世界級的粒子物理實驗機構。他把自己在歐巴馬總統面前展示國土安全部偵測器的照片秀給聽眾看，現場響起長達七秒鐘之久的掌聲。

短短三分鐘，我們怎麼信得過他說的這些成就？我們沒辦法確認，但我們選擇相信威爾森不是個普通的科

學少年——我們相信他是貨真價實的核子物理學家，只因為幫他作證的那些「靠山」真的很硬。少了這些靠山的證詞，他也將失去自己的可信度和那七秒鐘的起立鼓掌。

戰功彪炳的世界級溝通者都不會放過證言這項利器。百大講者平均每 17 分鐘會使用一次某種形式的證言。你可以更大膽地多多使用這項武器，我相信你會發現自己不需要當著聽眾的面把原子一分而二，他們照樣會因為夠有力的證言而相信你的興趣是建造核融合反應爐。

把歐洲核子研究組織搬出來當你可信度的靠山。

使用數據資料

✦ 在資料海中滅頂

講者太多時候都太依賴資料了。他們拿著數據隨手亂撒，好像這些東西不用錢似的，殊不知聽眾根本不知道拿這麼多資料怎麼辦好。我在職涯的早期就理解到這一點，因為我當時以聽眾之姿面對尼爾森公司（Nielsen）的簡報，要知道他們可是一家從你看什麼電視節目到你買哪種牙膏，無所不查的國際市調業者。他們會跑到我

們在亨氏沒有窗戶的會議室裡，打開投影機，然後在上頭放上一系列看起來無窮無盡的醋酸鹽膠片（投影片）。那些膠片上印著密密麻麻的資料——東西多到你不禁會懷疑尼爾森是不是按數字的多寡來收費，簡報的數據愈多愈貴。

這些由數據推動的報告看起來分量十足，但缺乏價值。「他們倒這麼多東西過來，是想要我怎麼辦？」是我們一票人走出會議室要去分析資料前，我最常從同事口中聽到的抱怨——因為分析資料明明是我們付錢讓他們去做的事情。要是他們記得稍微問自己一句：「所以呢？」，他們就會知道要把那 90 張馬拉松式的投影片移到附錄，然後專心把我們真正需要知道的結論告訴我們。只可惜他們沒有這麼做。

不要讓你的聽眾在資料中滅頂。想避免這點，你只需要在事前捫心自問：「所以呢？」

✦ 資料和死掉的贏家

2019 年在多倫多的一個春日，泰伊走上了柯爾納音樂廳（Koener Hall）的舞臺，那裡的穹頂木條天花板為世

界級的音樂家創造出完美無瑕的音效。只不過泰伊去那兒不是演奏音樂，而是發表演講，他也在冷靜和自信中講著，並帶有節奏性的張力。容量1100人的音樂廳裡座無虛席，聽眾的共通點是都買了一支基金，一支泰伊偕合夥人在十年前所創立，如今已增值到300億美元以上的基金。

他想要鼓勵投資人繼續長期投資下去——為了他們自己好。「我讀到富達投資（Fidelity Investments）進行了一項內部研究，來判定他們的哪些客戶在十年期間獲得了頂級績效。結果你猜投資報酬率最猛的是哪些人？答案是死人——績效最強的帳戶都在已過世客戶的名下。那第二名呢？是那些忘記自己在富達有開戶的人。個別投資人的表現一貫地吊車尾，是因為他們過於積極管理自己的投資組合，買賣太過頻繁。」[43]

慘痛的結論是：嫌自己的投資報酬率不夠高，那就請你買入後持有，然後繼續持有、長久持有，你就當自己是個死人就對了。許多研究都與長期持有的投資策略站在同一邊，但富達的分析讓人一聽就難忘：兩個出人意表的資料點，以不用具體數字的方式呈現出來。那些跟我一樣曾經持有或依舊持有他們家基金的投資人，都

享有過穩定優於 MSCI 指數（投資基準指標）的報酬率。

泰伊投資有多厲害，溝通就有多厲害。不同於一般人，他知道演講時該如何使用資料才對。要是你不想用資料把聽眾淹死，那你該如何選擇正確的重點呢？

首先決定好你要說的故事，然後再找可以幫助你把故事說好的數據資料。

✦ 從駕駛艙到手術室

說起拿藥，大家最愛抱怨的就是等待時間和政府與保險公司這兩個反派。但實事求是一點，我們要如何改善把藥物送到病人手上的體驗呢？葛文德（Atul Gawande）多年來研究的，就是這麼一個問題。而我們所有人都該慶幸的是他愈來愈知道該如何回答這問題，而且他的努力正在拯救生命。

葛文德是一名哈佛出身的外科醫生，也具備作家和公衛學者的多重身分。「有項研究調查了進到醫院裡，你要歷經多少位臨床醫師才能看完病，重點是這項數據在這些年來的增減，」他解釋著。「在 1970 年，你只需要經歷相當於兩個多一點點的臨床醫師就可以看完病……但到

了 20 世紀末，同一名病患變成要經過相當於 15 名以上的醫師——包括專科醫師、物理治療師、護理師。」

葛文德身材高挑，在他站在 TED Talks 地毯上穿著的粉色正式襯衫和深藍色西裝外套下方，他的牛仔褲稍微在褲腳擠成一團。至於他本人則在舞臺上以《我們該怎麼把醫療治好》（How Do We Heal Medicine?）為題，解釋著這種專業分工的興起如何創造了一種醫院結構的穀倉效應，也就是不同專家之間會各自為政，不進行足量的橫向協調。「我們訓練、僱用、獎勵這些人來醫院裡當獨行俠，就跟牛仔一樣。但我們需要的不是牛仔，我們需要的是賽道上的維修站組員，而病人就是那臺等著換輪胎的賽車。」

這些是很生動的比喻——葛文德加十分——也是很大膽的主張，而且他也為此補足了具體的數據。「我們有 60% 的氣喘和中風病人接受了不完整或不恰當的醫療。」隨著他持續勾勒著這個問題的普遍程度，你不禁會聯想到那些你身邊正好有這些疾病的熟人。「有 200 萬人跑了趟醫院就染上他們原本沒有的病菌，只因為有人沒有遵循基本的衛生常規。」

為了找到解決方案，他觀察了其他也有專家受過良

好訓練的高風險產業：摩天大樓的營建業、航空業等。結果葛文德發現他們使用了一樣外科醫師不用的東西：檢查表。例如，機師有例行的飛航前檢查表要一一確認。這種低科技的工具可以提升外科醫師的表現嗎？

葛文德的團隊研發了一款耗時兩分鐘且共有 19 點的檢查表，當中包含了想當然耳的事情，比如說確認抗生素有按時注射；也包含了一些你可能沒想到該做的事情，比如說確保手術室裡的同仁要在開刀前自我介紹，要知道手術室裡經常會有很多第一次出現的面孔。葛文德團隊在全球八間手術室裡測試了這張檢查表。結果你知道嗎？手術併發症的發生率下降了 35%，死亡率下降了 47%。

想像你是一名身經百戰的著名外科醫師，然後你被要求拿著一張檢查表在那裡打勾，但你不知道測試的數據。這樣你會願意改變嗎？反之，要是你拿到了測試的數據，你會不想改變嗎？葛文德獲得全場起立鼓掌。下一次你進到手術室，問一聲醫生願不願意一步步按葛文德的檢查表去走。說不定就靠著這一張表，手術室裡的專家們會願意踏出無縫合作的第一步，讓你獲得更好的治療。

鼓勵牛仔團結成為維修站組員，用正確的資料為你的主張渦輪增壓。

✦ 你會帶什麼去銀行？

假設你年薪 12 萬 5000 美元，你會選擇加薪 12% 還是 1 萬 5000 元呢？我給你兩秒鐘閉上眼睛，完成你的二選一。搞了半天，這是同一回事。但你還是必須要算一下才會知道這一點，畢竟 12% 是個抽象的概念。當你身為講者時，請你幫聽眾把數學功課做完。我在職涯初期曾被這樣說過，你不會帶百分比上銀行，你帶去銀行的是美元。把百分比轉換成數字，例如幾個人或多少錢，那你距離加薪就不會太遠了。

葛文德如果要再替自己的演講加分，就可以把死亡率下降 47% 這件事翻譯成：一間每年假設平均進行 1 萬臺手術的典型醫院能多救回多少條寶貴的性命。

替聽眾做好數學作業。

✦ 比較為故事之母

我們來看看財務世界裡的一些數據。截至 2020 年 9 月，股神巴菲特的身價為 735 億美元。[44] 沒錯，那是天文數字。但那又如何？嗯，那代表他的身價相當於 10 萬名處於平均值的美國人。[45] 換句話說，他一個人就擁有印第安那州南灣市全體居民的全部身家。

10 億元有多大，一般人腦袋很難轉得過來。美國網路論壇 Reddit 上有一則有趣的貼文解釋說 100 萬秒等於 11.5 天。10 億秒就是 31.7 年！[46] 用這個思路去理解巴菲特的 735 億美元身家，就是 2330 年！

《魔球》作者麥可・路易士想說明，美國職棒的奧克蘭運動家隊找到的一個更有效率的方法，能組織出一支會贏球的隊伍。他比較了運動家隊和紐約洋基隊的薪酬清單，並計算出運動家贏下每場勝利的成本是 26 萬美元，洋基是 140 萬美元。[47] 經此轉換，麥可・路易士把試算表變成了小蝦米戰勝大鯨魚的暢銷書。

用點石成金的對比把數據變成故事。

✦ 碎掉的不是紙，是幹勁

意義在工作中有多重要呢？為了更深入理解這個問題，心理學家暨行為經濟學者丹・艾瑞利（Dan Ariely）分別給三組受試者發了一張上面印有字母的紙張，請他們圈出所有連續出現的字母並繳回紙張。

在以色列長大的艾瑞利早年的研究，是受到他從一場意外中復原的經驗所啟發。在準備一場傳統夜間慶典的時候，他正在調製的材料爆炸並造成他全身 70% 燒傷。[48] 這樣的人生經驗讓他產生動機，開始研究如何在很痛苦的治療過程中提供更好的照護，然後這研究又拓展到更廣泛的行為科學。

在圈出連續出現字母的實驗中，受試者完成後獲得 3 美元，並被問到要不要以 2.85 美元的代價再做一張。以此類推，而實驗方每次的開價都會減個 0.15 美元。在三組不同的實驗狀況下，你覺得受試者會連續做多少張？

有人管組：受試者會在紙張上寫下自己的姓名，找出重複的字母，然後繳回紙張。實驗方會看一眼紙張，說聲「嗯」，然後放到桌上的一疊紙上。

沒人管組：受試者不會在紙上署名。實驗方也不會看繳回的紙張，而是直接放到桌上疊著。

碎紙機組：實驗方看也不看就將回收的紙張送進碎紙機。

所以三組人分別能撐多久呢？不令人意外地，有人管的那組撐得最久，直到每張紙只能拿到 0.15 美元。碎紙機組只撐到每張還有 0.3 美元時就全部陣亡。

「那沒人理組呢？他們是會比較接近有人管組，還是會比較接近碎紙機組，還是會剛好落在兩者中間呢？」艾瑞利在他的 TED Talks 演講《是什麼讓我們喜歡自己的工作？》(What Makes Us Feel Good about Our Work?) 中問聽眾。「忽視人的表現，其殺傷力幾乎不下於當面把紙送進碎紙機。」

想像一下，要是不靠資料，你做得出這樣的主張嗎？在他的演講中，艾瑞利還在上述的資料以外，補充了一件真人人事，故事的舞臺是西雅圖一間大型軟體公司。那裡有群工程師原本負責一個專案，結果做了兩年後，執行長突然把他們叫來開會並告訴他們計畫撤銷。

艾瑞利詢問了身為當事人的工程師，他想知道他們

因此受到什麼樣的影響。他們開始比較晚到公司了嗎？是。他們開始準時下班了嗎？那當然。

要是執行長能看一眼他們的努力然後說一聲「嗯」，那員工們——還有執行長本人——都可以少承擔一點苦果。更理想的狀況下，工程師們說執行長可以請他們總結並分享他們在這次專案中學到的東西，供公司內的其他小組參考。執行長忘記了意義的重要性，他把員工的幹勁送進了碎紙機裡。

百大講者使用資料的頻率大概是每兩分鐘一次，這你應該不難理解其原因。資料是幫助你有效溝通的利器。

用故事去補強資料，你就能讓人充滿幹勁。

溝通的三連勝

1990 年 1 月，傑夫住在休倫學院（Huron College）歐尼爾宿舍的二樓。那裡有白色的日字磚牆、防火窗簾、抗嘔吐物的地毯。談不上多麼羅曼蒂克的環境，但傑夫戀愛了。跟我們許多人一樣，找到合拍的對象並不容易。你可能站在後院跟傑夫聊天，然後他會不經意拾起一根斷掉的樹枝，接下來他會繞著屋子跑一圈，假裝在找水

（西方有一種用Y字形樹枝去找水源的迷信），一頭棕色長髮就在他身後飄逸著。最後，他會把蒼白的毛毛腿兼鳥仔腳停在你面前，假裝什麼事情都沒有發生。

不是每個 19 歲女孩都會被這種怪誕行徑吸引。但他找到了一個——蜜雪兒。唯一的問題是她人在英格蘭的倫敦，而傑夫在安大略的倫敦（沒錯，世上不止一個地方叫倫敦）。「我真的很想她，但我沒有錢過去看她，」他每星期都這麼說。

某晚，傑夫坐進了他那輛生鏽的克萊斯勒 K 型老爺車，排氣管一路發出「碰碰」的逆火聲，風扇皮帶也吱吱作響，開了兩小時到最近的賽道。他以前從來沒有去過賽馬場，所以他做了一些功課跟計算，以確定他需要下多大的注才能贏到去看蜜雪兒的車票錢。他下注了 20 美元。

「我贏了 600 美元——本金的 30 倍！」他完全沒有拐彎抹角，因為他不想把好不容易贏到的獎金浪費在跟我的長途電話費上。

「1 賠 30 你是怎麼辦到的？」

「我贏了三連勝。我猜對了冠亞季軍賽馬的順序。我的馬一通過終點線，我就抱住了站在我身邊的路人。」如果你高中沒把排列組合學好，那讓我告訴你，要在一場

12 匹馬的賽事中猜對前三名，而且順序也要對，那個機率是很低的，而機率低，幸運中獎者的賠率就高。那天的幸運中獎者，就是傑夫。

「於是我買了車票去英國。而且我沒跟任何人講——尤其是我爸媽。我說走就走。」他知道爸媽支持他翹課去找女朋友的機率比他們也中三連勝的機率還要低。

✦ 提高你的勝率

如果你想要大幅提高你演講的報酬率，那你可以嘗試贏得溝通上的三連勝，也就是集滿鮮少同時出現在同一場演講中的三樣東西：專業、經驗，還有個性。贏得溝通的三連勝既不冒險也不困難，你需要的只是計畫。要贏，你需要具備這三樣元素，但他們不用按照上述的順序——所以你的出發點已經贏過傑夫了！只要你遵照本書的建議，你就已經準備好要贏，而且是用大多數人做不到的辦法大贏。

正如我前面說過的，如果你在演講時只專注在自己的專業上，那你就會限制了自己的收穫——就像那名開口閉口都是理論，將傾角、機翼阻力、側滾等術語如數

家珍的航太工程師一樣。技術性這麼強又這麼乾，只會讓人覺得無聊而且有距離感。但要是能把實例和個案研究融入演講中，你就能強化你在外面世界成功應用相關理論的經驗——例如薩利機長講到他如何在千鈞一髮之際讓飛機成功迫降。第三個元素，個性，乍看之下最沒有蹊蹺，但它其實是最難在重要演講中召喚出的珍品。

✦ 讓個性成為你在舞臺上的招牌

《美國好聲音》(*The Voice*)是一檔歌唱選秀實境節目，渴望出頭天的素人參賽者會競逐 10 萬美元獎金和環球音樂集團的一紙唱片合約。這個節目集合了表演、遊說、蛻變等元素——三樣都是我的菜。節目的型式包括盲選，也就是由參賽者唱給背對舞臺所以看不見表演者在幹嘛，只聽得到他們唱功的「導師」(評審)聽。這種設計強調的就是用聲音決勝負，不看外表。

要是導師覺得參賽者的聲音資質不錯，會透過旋轉座椅到正面看完剩下的表演來表達他們感興趣。如果轉身的導師不只一個，那他們就得比誰會說，看參賽者願意加入他們哪一邊共有 12 個名額的隊伍。被延攬來擔任

導師的，都是有頭有臉的天王天后，像是鄉村唱將布雷克·薛爾頓（Blake Shelton）、節奏藍調歌后艾莉西亞·凱斯（Alicia Keys）、首張專輯就拿下白金銷量的約翰·傳奇（John Legend），還有拿過美國好聲音冠軍的凱莉·克萊森（Kelly Clarkson）。看著這些平日高不可攀的巨星為了爭取素人入隊而針鋒相對，也是節目的一大看點。

各隊參賽者各就各位後，天王天后就會履行導師的職責，指導這些非專業的歌手，讓他們知道該如何調整呼吸來飆高音，或是如何在翻唱他人作品時改變編曲——「試看看在弱拍用上小鼓」——來增添新意。這些都很正常，真正可能讓你驚訝的是，有多少導師都很強調一件事的重要：他們要素人在臺上散發他們個性的光芒。

「不要想太多，擔心太多沒用。」黑人饒舌歌手菲瑞·威廉斯（Pharrell Williams）對一名參賽者說。歌詞如何與他們在個人層面上有所連結，才是參賽者被鼓勵思考的事情，因為只有這樣，臺上的他們才能透過自己的生活經歷，把情感傳達給聽眾。這些渴望成名的參賽者花了許多年琢磨他們的音樂技巧，卻鮮少思考或嘗試過讓他們的個性在表演中流露出來，那可以使他們與聽眾之間產生強大的連結，進而讓全場為之動容。

這話好像在哪裡聽過嗎？我也很少有客戶想過他們可以如何讓自己的個性在演講中穿透出來。但其實只要他們做到這一點，效果都是很驚人的。那你要如何做到這一點呢？只要你能加上一些前面介紹過的強力訊息，你的個性就幾乎確定會加入戰局。

如果你能在故事中加入一些渲染情緒的對話——「那個傢伙傲慢透頂了，我再僱用那間公司的任何人我就是豬！」——你的個性就會展現出來，尤其是如果你的激動程度能反映出說話者的情緒。最後你還可以補上一個「哎呀」的臉部表情來表示你對這句引言的反應，這樣你的個性又能進一步得到突顯。

要是能用上生動的比喻，你的個性也可以因此表露無遺，就像葛文德說牛仔型的專家是災難一場，我們需要的是賽道維修站的組員那樣。

甚至連檢查麥克風，也是你展現自我的機會。一般人都怎麼檢查麥克風呢？「測試，一、二、三……測試，測試，一、二、三……。」我見過一家明星級的法人投資人代表在全場聽眾面前說，「一個億、兩個億、三個億……」這麼說不但令人莞爾，同時也充滿了個性。

自嘲的幽默是另外一種加分的手段。「我知道你們

在想：『怎麼有個 5 尺 8（172 公分）身高的人好意思聊籃球？』」這是我拿自己身高（還是身低）開過的玩笑。

　　為了贏得溝通三連勝，你必須準備好內容，也必須有能力透過講述的過程讓內容活過來，這一點我們會在完成迴路的那一章中進行討論。

　　想要讓自己與眾不同，進而贏得滿堂彩，你就要確保自己的專業、經驗和個性這三者在演講時一應俱全。

第四章

讓視覺輔助推你一把

　　1994 年 9 月一個溫暖的夜晚，晚上七點，貝芙·羅瑟（Bev Rosser）走進病童醫院的一間訓練室，腋下夾著一臺約三公斤重的筆電。她把筆電往房間前方的桌上砰地一聲摔下，簡直沒把這臺昂貴的設備放在眼裡──當年可攜式的個人電腦還算是相當稀奇。

　　一群共 20 個人聚集在此，為的是學習在腫瘤科病房中擔任志工的各種所需知識，之後我們將在 8A 病房舉辦每週一次的活動和手工藝課程供小朋友參加。羅瑟即便不說話，你也感覺得到她身上散發的能量和朝氣。看著她把八爪魚般的電線連到投影機上，房內整個靜了下來。我們瞪大眼睛看著她翻過一系列的投影片，一個個子彈重點用紙風車效果登場，又用棋盤狀效果退出。

　　我們從來沒有見過 PowerPoint。我們就像孩子第一次看煙火一樣驚豔。但我們完全沒學到要如何當一名好的志工。我們看投影片上的特效看得太入神了。

　　煙火可以是取悅眾人和歡度節慶的好辦法，但交到錯誤的人手中，它們也可能產生災難性的副作用。投影片也是如此。

　　投影片是對「面對面溝通」極具殺傷力的一樣東西，但問題不出在軟體，而是我們用它的方法不對。太多人

把太多的內容往太多張的投影片裡塞，並且在演講過程中對它太過依賴。

這裡有個有趣的小實驗：找個朋友或同事，那種會把太多內容塞進太多張投影片的朋友或同事，然後請他們照平常的方法簡報兩分鐘，接著再請他們丟掉投影片，再簡報同一份資料一遍。在第二次簡報前，告訴他們不用擔心忘掉一些細節——請他們只要將整體的訊息傳達到位就好。把兩個版本的簡報過程都錄下來，然後讓你的朋友自己看過。我猜沒有幻燈片的版本一定講得更好。

幾十年來我問過很多人一個問題，或者應該說是兩個問題，那就是他們心目中有誰是很棒的講者，理由又是什麼。我從來沒聽說過他們心中最棒的講者是因為他的投影片很棒。投影片不是演講的主角——如果是，那演講就不會叫演講，而會叫投影片秀了。你跟你的故事才是演講的主角，不要讓投影片搶了鋒頭。

我們往往會投入不成比例的時間在投影片上。但準備投影片的時間報酬率可以說愈來愈低，專心把內容擬好和講好的報酬率則愈來愈高。要是你時間很趕，那就索性跳過投影片。百大講者有四分之一完全不使用投影片。

但話說回來，我們有很多充分的理由應該使用投影

片，也有很多簡單的辦法可以更有效地使用。接著就讓我們一起來看看你有哪些選項。

在沙漠中脫穎而出

「我還記得尼可拉斯那場挑戰史上最無聊主題的簡報：《永續性區域與在地土地使用規劃法案之最新發展》（Update on the Sustainable Regional and Local Land Use Planning Act），」路易斯聊起了他的合夥人。路易斯承認他也不懂自己為什麼會那麼想不開去報名這種講座。尼可拉斯排在兩名講者之後上場。「他們針對類似的枯燥主題呈現了四平八穩的經典簡報，其效果也很經典地讓全場陷入半昏迷狀態，」路易斯說。

路易斯解釋說，尼可拉斯採取一種同理的立場，考慮了聽眾所面臨的挑戰。他專注在對聽眾而言重要的事情上，而不是自己覺得有趣的東西。「他知道自己永遠不會像美國前總統甘迺迪那樣深具領袖魅力。但他也有把事情交代得簡單明瞭的能力，而且還附帶一點自嘲的風趣。」尼可拉斯有的是那種可以殺你個措手不及的幽默，因為他就是那種能一本正經說幹話的傢伙。

他會用故事開場，然後讓聽眾投入其中。「他會挖坑讓我們跳。他會讓我們產生好奇心。他會點中我們的笑穴，」路易斯說。

尼可拉斯把會讓投影片變得笨重的細節砍個精光，因此他的投影片簡樸到不可思議——上面只有能總結概念精華的一句片語、一幅視覺隱喻，或是一條顯示為超大字體的數據。他的投影片不是講者的柺杖，而是與精彩的故事融為一體。他放投影片不是為了照唸，也不是當成提示手卡，因為他完全知道自己上臺要講什麼（手卡或提示什麼的不是不能用，這點我會在完成迴路那一章中討論）。

活動告一段落後，他是唯一一個有人上來追加討論的講者。「客人滿意之處，不光只是他們從簡報中學到東西，也因為他們學到這些東西的過程，簡單講就是寓教於樂。只要多用一點心思並調整一下心態，那麼就算你這輩子都當不了歐巴馬，也不妨礙你成為一個真正有影響力的講者。而這一點對你的好處非常大，」路易斯總結說。

正如我們在尼可拉斯身上看到的，投影片不是不能為你的演講或簡報加分，只可惜大多數人的做法只會讓他們的表現扣分。

正確使用投影片來為你的故事增色。

剪下貼上的浪費之處

傑瑞拿出兩份文件，從桌子另一端滑了過來。「這是我的書面報告和簡報內容。」

「它們看起來一模一樣，我是認真的。它們是一模一樣的東西嗎？」我在稍微翻閱過後有點嗆地問道。

「這個嘛，我的簡報是用 PowerPoint 做的，所以不一樣。但文字內容相同。」我的客戶傑瑞把書面報告內容剪貼到投影片上，想說這樣他就能在臺上照著唸。既然他的書面報告頗受好評，那照唸其內容又有什麼不對，這是他的想法。

下方雖然是一個比較極端的錯誤示範，但許多講者的狀況真的與之相去不遠，差不多就是下面這副慘狀：

縮小牆壁

- 你有所不知的品克
  - 丹‧品克是縮小牆壁的大師——他知道如何把牆壁縮小，並建立需求
  - 把演講當成是一種給聽眾的試吃
  - 丹‧品克花了很多年時間研究動機
- 用角度翻轉致勝
  - 我的聽眾對我本人、我的產品、服務或理念抱持何種成見？
  - 我的聽眾擁有多少背景知識？

打造觀點的箭囊

- 震撼的開場
  - 用對話的風格開場，讓人感覺到你人在演講廳裡。建立起聽眾對你後續演說內容的期待感
- 目的的陳述
  - 這是自定義的部分：你想講的東西是什麼？這是一場你承諾要帶聽眾踏上的旅程
- 把區塊連起來
  - 過場是把相互排斥的重要內容連結起來的結締組織

增添強力訊息

- 樓臺上的英雄
  - 有血有肉且讓人有感，可以代表其他無數人的案例
- 實例
  - 使用實例讓抽象的概念具體化
- 說故事
  - 使用故事點燃個別聽眾的蛻變
- 類比和隱喻
  - 將故事用作為比喻去解釋策略並讓鐵屑排整齊

讓視覺輔助推你一把

- 在沙漠中脫穎而出
  - 使用投影片為你的故事增色
- 剪下貼上的浪費之處
  - 投影片是為了畫龍點睛，不是讓你照稿唸
- 一幅能讓人坐不住和動起來的畫面
  - 使用投影片去為問題增添情緒，並啟發人的行動
- 數百萬美元的馬克筆
- 合成什麼東西？
  - 顯示資金流向

文字太多，字體太小，前後背景毫無反差。

「我親自來開會，不是為了聽現場有聲書。我識字好嗎！如果要這樣搞，你就把資料傳給我，我自己讀一讀得了，何必這麼麻煩，」這是我聽到耳朵長繭的抱怨。

我還得知傑瑞很怕在臺上忘記自己要講什麼。這是他第一次要在這麼多人面前演講，所以他才想到要用投影片來降低自己僵住或當機的風險。

但看似是保險絲的東西其實可能是引信。把投影片當成逐字稿使用是你必須避開的陷阱。要是你真怕忘記要講什麼，正確方式是把投影片當成提示卡。

我在前一章講到怎麼說故事的時候曾引用過湯姆‧彼得斯的話。他是史丹佛的博士級管理大師，也是幾十年來在演講中對有《財星》500 大企業背景的聽眾諄諄教誨的暢銷作家，他每次的演講費都是幾萬美元起跳。他會定期更新他的演講內容和投影片。他會把他的視覺輔助資料上傳到官網，[49] 只不過那些東西也沒什麼用，至少對我們是沒有用啦，對他當然有用，因為那些視覺輔助可以在舞臺上提示他演講內容。你會看到那些投影片上只有一兩個字：「私人」、「吉姆的團體」、「中國！」

中國！	私人
吉姆的團體	10.6

資料來源：TomPeters.com/slides.

　　這些投影片拿不到什麼設計獎項，但它們也不需要就是了。他要推銷的不是平面設計。他想要的是有效溝通，而他也做到了。「湯姆‧彼得斯是管理思想界的紅牛（Red Bull），」作家鮑‧柏林罕（Bo Burlingham）說，而他的投影片就是他在演講時的能量來源。

　　要是你還割捨不下投影片上的那麼多細節，因為你實在怕在臺上忘詞，那麼請記住，不論是 PowerPoint、Keynote 和 Google Slides 等軟體都提供在投影片下方的欄位存放講者筆記的功能。你可以透過螢幕的布局去確保只有你看得到筆記和下一張投影片。當然正在講的投

影片你也是看得到的。

百大講者平均每張投影片上只有七個字，而不是整張投影片寫得密密麻麻。而且他們的投影片用量可能比你想得多很多——平均每分鐘 1.07 張。

讀到這裡，你可能會納悶，要是你需要發講義給聽眾的話，這些字很少的投影片能發揮作用嗎？對於這個我常被問到的問題，我們後面再一起來探討。

尼可拉斯在看到彼得斯的投影片後深受啟發，並打算改變自己的做法。視覺輔助用法上的一點簡單改變，就讓他蛻變成一個更優秀也更與眾不同的講者。對你來說搞不好也會有一樣的效果。

投影片是提示，不是稿子。

用畫面讓人坐不住，也讓人動起來

敘利亞難民危機已經持續多年，情況一直沒有什麼好轉。難民營人滿為患而且還不斷有人湧入。國際援助宛若一攤死水且供應不足。對數十萬難民而言，他們的未來和出路並沒有改善。最後改變這一切的，是一張被公諸於世的照片。

2015 年 9 月 2 日，包括三歲的艾倫・庫迪（Alan Kurdi）和他家人在內的 16 名難民爬進了一艘限坐八人的充氣艇，接著就是小艇在他們都沒穿救生衣的狀態下於地中海翻覆。在庫迪溺斃後，那孩子小小的身體被發現並被拍進了一名土耳其攝影記者的鏡頭中。

在這場幾十年來最嚴重的一場人道危機中，這個世界已經失能，但那張庫迪小弟弟的照片讓敘利亞難民的悲劇有了張面孔，進而激發了外界採取行動。在照片曝光後的短短 24 小時內，我的按摩師就加入了一個有 30 名同事和朋友的群組。他們全都為罹難者感到沉痛，並決定要盡棉薄之力贊助一個難民家庭。數日後他們募得了 3 萬美金，然後短短不到四週就媒合到難民營中一個想在加拿大展開新生活的七口之家。

像他們這樣自我動員進行雪中送炭的群組，在加拿大有數千個。而他們之所以會動起來，全都是因為那張總結了各種恐怖且終結外界長年不作為的聳動照片。

如果你也想讓人動起來，不論是為了人道危機還是其他原因，你都可以試著去找出可以總結問題且突顯出改革不容繼續延宕的影像。也許是一臺故障的機器亟待修理。也許是一張手寫的意見表，上面寫著：「我也算是

貴公司的老主顧，但以後我不會考慮你們了。」也許是一名垂頭喪氣的陶藝家在義大利波西塔諾的郵局裡煩惱要如何把她的瓷器銷往國際市場，希望有人能提供跨國交易平臺的畫面。用畫面去呈現問題往往比呈現解決方案更讓人坐不住，因為問題會自然而然地創造出張力。

百大講者每用十張投影片，裡面就有不下七張是沒有文字的圖像。影像可以透過視覺刺激去強化演講的重點，讓演講的主題獲得一面背景，同時又不至於使聽眾需要一邊閱讀文字而無法專心聽講。要是你選擇讓圖像說話，請盡量將高畫質的影像推到投影片的邊緣，術語叫「全出血」。很多很棒的網站都提供免版權費的高品質圖像，像 Unsplash.com 就是我的一個愛用網站。

用投影片往問題裡注入情緒，藉此激發聽眾行動。

認真執行的準則

若你服務的大公司在全球各地都有供應商，那你會如何管理這些合作關係，以確保這些廠商能在品管、企業倫理和員工職安等問題上達到你公司的標準？政策和作業程序是一個起點，但光靠它們足夠嗎？

　　大部分組織都有自己的政策和標準作業程序，且多數都立意良善以及經過深思熟慮。但這些組織也都處於上有政策下有對策的落差當中。

　　成熟的企業組織在自海外購入產品時，會有一種「供應商行為準則」的配套規定。這種東西寫出來不難，難是難在執行。為了鼓勵大家配合，委外合約專家帕娜放了一張完整的影像在聽眾面前的螢幕上，上頭顯示的是一家倒塌的工廠。「有人看得出這是什麼嗎？」她問。有幾隻手舉了起來。「那是不是孟加拉？」一名聽眾主動這麼說，然後場內就在眾人點頭如搗蒜之間恢復了靜默。

　　「沒錯。這是間不合法的地下成衣工廠，裡面同時有數千名工人在替世界知名的品牌代工。多數這些大品牌都有他們的供應商行為準則，但沒有一個品牌在認真稽查。」帕娜讓子彈飛了一會兒 * 才又繼續說。「要是品牌有認真要求，這些供應商就會被迫搬遷到沒有偷工減料的廠房，1100 條人命就不會枉死。」聽眾當然也聽得出，那代表這些從地下工廠進貨的品牌就不用蒙受商譽的損失。

---

* 出自中國電影《讓子彈飛》的網路哏，意思是讓接受到某種訊息的人群有時間消化吸收其深層的涵義。

在演講的最後，帕娜被一名聽眾攔下來評估他們公司的供應商協議、政策和稽核流程。今天要是沒有那幅坍塌工廠的畫面，我很懷疑帕娜是否能讓聽眾把她的意思聽進去到這種程度。只要你能抓到蘊藏在某張圖片裡的情緒，並藉之來鋪陳某種解決方案，你就能為聽眾按下行動的開關。

想讓聽眾動起來，你可以把核心問題視覺化。

身價百萬的馬克筆

羅伯特隸屬於某間提供複雜服務的會計事務所──你可以想像他們是會計界的三角洲特種部隊，只不過這些人用的是數學而不是戰技。他正跟團隊在爭取為某家在全球各地接案施作的工程業者提供會計服務。只要你曾登上過世界知名的超高大樓或走過那些不是普通長的橋梁，那你要感謝他們讓你還活著。這家業者不滿於現有會計師處理複雜會計問題的速度和透明度，想重新尋找合作對象。

「我檢視了你們近三年的年報，歸納出你們恐怕需要處理的三種複雜會計問題。」羅伯特對眼前的潛在企業客

戶說。對方臉上露出了那種在園遊會上被遊戲攤位老闆猜中體重的驚訝表情。

「我打算這麼跟你們合作來解決這些問題，」他說著開始在白板上以圖示拆解起他的計畫流程。過程中客戶也跳進來問了幾個問題。等到他把事情交代完後，房間內的氣氛已經為之一變。客戶不再一個個把手臂抱在胸前，反倒開始對他們其他也需要幫忙的棘手問題直言不諱。羅伯特的團隊就此脫穎而出。在聽取匯報的期間，客人有過這樣的評價：「今天這個案子是羅伯特替你們贏下來的。他半小時就解決了現任人員半年都束手無策的事情。」

羅伯特的團隊縮小了鞋牆，並專注在對客戶而言切身的複雜問題上。羅伯特基本上只用了一塊 50 美元買的白板和一支馬克筆，就拿下了價值數百萬美元的客戶。

有時候你需要的不是花枝招展的投影片，而是一塊白板、一支馬克筆。還有一個羅伯特。

你說合成什麼東西？

每當有機會跟主題內容專家合作時，我基本上都能

理解他們所講內容的大概輪廓。但偶爾我也會有踩不到池底而力不從心的時候。像在聽莉澤講話時，我就感覺自己好像在波羅的海中間載浮載沉。她談的是「如何用合成債來創造總報酬交換」——一字不差原文照登。

雖然莉澤已經以每分鐘 1.6 萬公里的速度在講話，但我相信她的引擎並沒有加到最高速，而她就這樣像機關槍似的不斷丟出來的，是在投影片上一個個不同的金融市場主體，還有資金和義務是如何在不同立場的當事人之間流動。除了我以外，她的聽眾都是極具相關實務素養的租稅專家。但即便是素人如我，也能掌握住她解釋的重點，至少表面上是這樣。但要是拿掉投影片，我就會覺得自己又開始在波羅的海中漂浮。

靠視覺輔助去解釋複雜的結構會容易許多，這一點無論你是解釋極性共價鍵的化學家，還是勾勒資金流動迴圈的稅務顧問，或是說明軟硬體關係的系統工程師，統統都適用。

如果一幅畫面勝過千言萬語，那一張圖表對在解釋複雜交易、結構或組合的金融家來說，價值數百萬。圖表中自有顏如玉——我是說你用圖表吸引的忠實聽眾；圖表中自有黃金屋——我是說你可以靠圖表賺到的大錢。

資金流向秀出來。
<hr />

錨定主題

　　布蘭特站在那裡，看著他要以策略長和創新長身分領導的廣告代理公司。他身高 175 公分，體重 63 公斤，體脂率不到 5%。換句話說，他打破了領導者有籃球員身高的社會科學統計結果。但你會發現自己明明不喝酒，卻還是想跟布蘭特去喝一杯。他是個聰明、風趣，而且少數在室內戴圍巾卻不違和的傢伙。

　　他知道這份管理職並不輕鬆。這家廣告公司已經流失了好幾個大客戶，而他接下的是一個爛攤子，一個資深的團隊裡有著一些，說好聽是無動於衷，說難聽是為了自身利益而不惜犧牲別人的成員。

　　「這就是我們，」他說完暫停了一下，轉身看著那張大到身後大螢幕都塞不下的超級油輪照片。他一一點名了那些他們替重要大客戶做過的耀眼作品。他一一讚揚起這些廣告贏得的那些獎項和肯定。接著他坦白招認了在瞬息萬變的市場中，他們近期的損失和低潮。

　　「我們不光需要讓這麼一大艘船掉頭。我們還需要把

船從海裡吊起來，搬到另一片完全不一樣的海洋中。這一點並不容易，但又有其必要性。」他接著一邊說，一邊畫起了自家公司的前進路線，並讓大家看到只要他們能成功轉型，等待著他們的會是多驚人的商機。

他表現出的尊重、坦承和充滿說服力的遠見，贏得了眾人的認同。於是公司上下一心，共同在新領域裡爭取到新客群，並開始提供嶄新的服務。他率領公司同仁在新的海洋中獲取了巨大的成功，以至於他被拔擢為集團下的紐約旗艦業務管理者。辦法好用就繼續用。他就此不斷更上層樓，換過一個又一個非比尋常的職位，最後才又回歸執掌加拿大的業務。

那張全幅的超級油輪照片——上頭自然印有他們廣告公司的標誌——讓他得以透過視覺刺激的方式去呈現出他要的比喻，並為他的演說設定了核心主題。那張照片令人印象鮮明且深刻的程度，就像布蘭特本人和他的遠見。你也去找艘船吧。

使用大膽且占滿整個畫面的視覺隱喻。

把破產品牌化

那是 1997 年 1 月一個涼爽的早上，我的朋友強納森·貝利（Jonathan Baillie）和我正在把新買的登山靴（橡膠靴子）套上，準備在越南北部接近中國邊境的沙壩（Sapa）展開在山地部落間的冒險。「為什麼妳好好的獸醫不當，要跑來當一天收入只有 10 塊美金的嚮導呢？」我在沿山徑而下時問起我們的越南陳姓地陪。

「我受夠了他們老是把已經死透了的動物帶來找我，」她說。大家不理解獸醫的功能，更沒有預防勝於治療的觀念。人們總在她已經無能為力時才把動物帶來，讓她充滿了無力感。她於是決定不再為死去的動物服務，改行開始帶活生生的外國人去健行。

這些年我結識了許多在企業破產和重建領域努力的人士，我想陳在獸醫人生中的挫折感會讓他們心有戚戚焉。太多經理人都在企業已經病入膏肓時才來尋求協助——僅剩殘骸的企業體早已沒了生氣。企業破產領域的顧問傑森很想找時間去教育和鼓勵企業盡早尋求專業介入，並創造雙贏，而有次他終於獲得了機會。

他領帶上那個大大的領結和運動西裝外套翻領上時

尚耀眼的縫線，傑森展現了溫暖的自信和外放的帥氣。相對於他用言談抓住全場的能力，傑森的草稿投影片就顯得有點「掉漆」。他的投影片就是那種六個子彈重點全擠在同一頁上，讓人看了就昏昏欲睡的經典類型，這是許多專業人士的通病。其中一張投影片上總結了他想傳達的最重要訊息：隨著組織的健康惡化，企業會歷經好幾個階段，而且每個階段間的間隔會隨著情況惡化而持續縮小，能用的工具和把公司救回來的機率也會降低。

　　我曾對他提出挑戰，希望他能用視覺輔助闡述這些破產的階段，而他想出的答案就是償債能力曲線（the Solvency Curve），其中的 Y 軸代表企業的健康狀態，X 軸代表的是時間。他描繪出企業組織狀態惡化的不同階段，並清楚地突顯了各個階段的加速崩壞。與其讓自己淪為被投影片綁架的讀稿機——並造成聽眾聽不下去，更多企業因此枉死的後果——他確立了自己是來說故事的定位，並利用視覺輔助解釋了償債能力曲線的內涵和由專家早期介入的重要性。

償債能力曲線

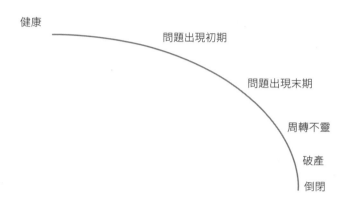

資料來源：傑森‧阿爾巴克（Jason Arbuck）

　　在場的平面媒體注意到了他的發言，並在演講完之後趨前採訪，償債能力曲線因此上了報紙，被商業新聞臺的人讀到，對方於是邀請傑森上電視暢談。傑森的理念框架讓他把一個關鍵概念解釋得十分清楚，也讓他藉此建立了個人品牌，使自己的格局跳脫出會議室。

　　不要照著子彈重點唸，嘗試用視覺輔助去描繪你想講的關鍵概念。

秀出差異

　　如果想要強調擇時交易（time the market）[*]是很蠢的行為，你可以用線圖顯示任一主要指數走勢和該指數除去表現最佳之十個交易日的相對表現。這兩條走勢的差異通常會落在 60% 到 70% 之間。換句話說，如果你人不在市場中，你就無法受益於其完整的獲利空間。要是你一緊張就把資金抽出，你就很可能會錯過不僅能讓你解套，最後還可能讓你資產成長的波段。用線圖呈現包含和不包含前十佳交易日的指數表現，然後就等著聽眾的損失規避（the loss aversion）反應自然啟動。畢竟誰會想要錯過那 62% 的漲幅！誰說資料不能勾出情緒？

　　秀出正確的趨勢線來突顯你的故事線，並添加你發言的可信度。

---

* 一種推測股市高低點來低買高賣的做法。

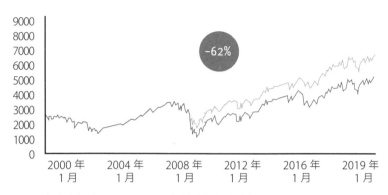

包含與不包含前十佳交易日的市場走勢

── 金融時報（Financial Times）綜合指數的總報酬
── 金融時報綜合指數減去前十佳交易日

資料來源：BMO 環球資產管理公司，2020 年 3 月資料；bmogam.com/gb-en/retail/ wp-content/uploads/2020/03/ftse-all-share-1.svg.

卡茲打破窠臼的祕方

我們偶爾都會有生活陷入一成不變的感覺。至少馬特·卡茲（Matt Cutts）會。而他的解決之道是什麼呢？試著去做他一直想做的某件事情並堅持 30 天。他自稱電腦宅男，一副就是平常戴著紙膠帶黏著的粗框眼鏡，為了上臺才換上無框眼鏡的樣子。

在他三分半鐘的 TED Talks 演講《嘗鮮 30 天》(Try

Something New for 30 Days）當中，卡茲滔滔不絕地分享了他進行 30 天的一部分實驗，每一個都有對應的投影片。「這是挑戰每天拍一張照片的我。而且我完全記得那天自己在哪裡做了什麼。」這麼說的他頭頂拉開著一張照片，上面是覆蓋苔癬的樹木立於一片迷霧森林中。那是一張很美的照片，但還沒有美到你會覺得自己拍不了（順道一提，研究顯示聽眾在看到講者的視覺輔助時，事後留下的印象會變強一倍）。[50]

當卡茲把一個點子（騎腳踏車上班）、一張相應的影像（馬特開心通勤的動態照），還有這件事對他生命的影響（「我的自信增加了」）結合起來時，他創造出的是一套非常有說服力的訊息套組。他提供的影像會點燃你的想像，你會思考起自己有什麼可以做 30 天的新鮮事。你會相信自己做得到，你會相信自己的生命會因此變好——就跟講者的初衷一樣。

用視覺輔助去描述你要舉的例子，讓聽眾的印象能夠加深一倍。

糟糕的數學和糟糕的投影片

別騙了：當你需要上臺講一場重要的演講時，有什麼事是你會優先做的？你會馬上打開你最愛的軟體然後開始做投影片嗎？這就像**先加減後乘除**，搞錯順序就等於自掘墳墓。

你還記得小時候學過的一個口訣：BEDMAS嗎？」那代表的是四則運算的優先順序，B 代表括號（brackets）、E 代表指數（exponents）、D 代表除法（division）、M 代表乘法（multiplication）、A 代表加法（addition）、S 代表減法（subtraction）。只要照著這個順序去計算，你就能得到正確的答案。反之則否。

準備演講也有類似的進行順序。正如我前面講過的：縮小牆壁、建立箭囊、增加強力訊息，然後是設想並創造有用的視覺輔助。不要一開始就跑去做視覺輔助，那樣只會讓你拿不到「優等」。既然你是會找這本書來讀的人，那我想你多半是演講拿不到優等會難過的人。

按部就班：縮小牆壁、打造箭囊、添加強力訊息，然後——萬事俱備只欠東風了——創造視覺輔助。

留意講義的重擔

　　偶爾你會被人索討講義。這是個簡單且看似無害的要求。但你若這樣想，就有可能在不知不覺中掉入陷阱。講義要有用，就必須夠全面。一旦你大費周章準備了一份周詳的講義，你就會順勢產生一個念頭是：我何不就把這份資料改成投影片來放。畢竟上面全都是你要講的重點，而且你都字斟句酌地寫出來了。這想起來可以說完全沒毛病，不是嗎？

　　一旦當成投影片放出來，詳細的文字內容就會變成讓你出戲的重擔。你會發現有這些鉅細靡遺的投影片擺在眼前，你很難不去照唸，也很難不去依賴。你的眼神接觸會直線下降，你說起話來的抑揚頓挫會整個被壓縮。運氣好的話，你的聽眾會開始精神渙散；人品差一點，你的可信度就會大打折扣，因為你給人一種你不知道自己在講什麼的印象。還記得行銷總監南西那個簡報還沒完就有聽眾離場的同事嗎？他就是一個重點接著一個重點地照唸投影片。

　　你如何在需要準備講義和有效準備演講之間找到平衡點呢？我這裡提供三種選擇：

1. **隱銀揚金**——先準備好講義，存檔。然後另存一個新檔，在新檔案中把金句加粗，就是那些你希望在演講中強調的要點。但你沒有義務把放在紙上的每一點都講到。粗體的標示有助於聽眾快速掌握你要講的重點。

在你針對「金句」進行發揮的同時，記得把其他沒那麼重要的「銀句」藏好，免得你的聽眾被搞到分心。要金句銀句一起讀，他們事後有的是時間。你演講中最有價值的部分是你對金句的闡述，你必須利用闡述的過程帶出各種強力訊息。

史考特‧邁爾斯（Scott Miles）作為一名專業的創意人和大師級的簡報者，擁有一套很精妙的投影片使用哲學：每一張投影片上都該設有一道「暗門」——一個句子或畫面可以供你打開，揭露某個有趣的見解、案例、數據或故事。粗體的短語就可以是這道暗門。

你不會希望聽眾在你講到暗門後的寶物時分心。為了排除這種分心的可能，你可以在電腦的投影片模式中按下鍵盤的 B 鍵，這樣螢幕就會變成全黑的空白投影片。等你準備好切回投影片內容了，重按一次 B 鍵便是。主流的投影片軟體幾乎都有這種功能。這一招在視訊簡報分享你的螢幕畫面時也行得通。試試看吧。

專業小提醒：第一次在演講中黑屏時，要讓聽眾看到那是你有意為之。在讓螢幕暗掉的同時你要看著螢幕，而且一副很從容的模樣，這樣觀眾就知道那是故意的。負責任的講者不會讓聽眾為了螢幕是不是壞了而懸著一顆心。

要是你既不想用 B 鍵但又想進行聽眾的注意力管理呢？那你可以移駕到投影片前，指一下你接下來要闡述的金句，然後再慢慢離開投影片，站到和螢幕隔著一段距離的地方發表你的高見，具體而言大概抓 1.5 到 4.5 公尺。等你要講下一點的時候，就再走回到螢幕邊指一下你屬意的金句。

其實你也不用每一句都這樣搞，但偶爾來一下感覺還不錯。適時的移動能增添講臺上的動態，可以牽引聽眾的注意力。有些時候你可以用「（投影片上的）第二個重點是……」這樣的發語詞來當作給聽眾的路標。

多做一張投影片不費你半毛錢，所以不用為了要不要把一張滿滿都是字的投影片拆成三張而想半天。事實上你根本不用想，因為不拆散它們，你就等著看自己跟聽眾共處一室卻貌合神離。自己選一個吧。

把金句加粗。

2. **輕薄者贏**——再一招，等你把所有的金句都加粗了，再來你就可以把投影片上所有的文字敘述剪貼到螢幕下方的欄位，投影片上只留粗體金句。演講一開場就要跟聽眾講清楚，他們之後會拿到一份詳細的講義——你一開始寫成的整份資料，或是只有加粗標註金句的精簡版投影片加上投影片下方所有講者筆記在內的詳細資料。

正如我之前所說，你可以把螢幕畫面調整到只有你自己看得到筆記的狀態。聽眾只能看到投影片上你留下的金句，屬於銀句的文字會被存在筆記裡。

這樣的調整會花你一點點時間，但這時間絕對不會白花。這個調整的過程可以幫助你篩選出你真正想在臺上闡述的重點。

把細節收納進筆記欄，投影片上只留瘦身後的金句線索。

3. **視覺設計**——在把金句加粗後，你便可以考慮添加一些畫面，有主題性地呼應你要呈現在投影片上的核心問題或重點。搜尋可以購買版權的高解析圖片，或是到 Unsplash.com 尋找免費的影像。把這些圖片剪貼到投

影片上，按下滑鼠右鍵，選擇「將圖片移至最底層」，這會讓圖片成為你金句的背景。嘗試調整文字的位置並改變其顏色；如果你有這方面的知識而且真心覺得有用，那就創造一些透明的底色來增加文字的可讀性。

用高解析度的圖像來補強文字的提示。

別讓投影片搶走你的丰采

就像我之前提過的，你才是主秀，而不是你的投影片，不要自貶為子彈重點的讀稿機。這一點在演講的開始和結束都是大忌。不要一開場就在按投影片。「大家早」＋點擊聲＝支離破碎的注意力。你一上臺，就是要萬眾矚目，就是要大家洗耳恭聽，投影片請先放一邊去。

什麼時候要用眼神接觸來跟聽眾對話，什麼時候又該暫停去引用投影片，請把這二者分清楚，這樣主要敘事者的光環才能留在你身上。站在投影片的左手邊（從臺下聽眾的視角）會比較有利於你達成這個目標，因為聽眾一般閱讀都是由左至右。你會希望他們能先聽你說，再去讀內容，然後再重新看著你，聽你解說。

同樣的操作也適用於演講的收尾。收尾這種事不能

讓投影片代勞。你要看著聽眾，直接與他們對話，讓他們感覺到你作結的力道。

在線上視訊簡報中使用投影片時，你要注意到的一點是，你的視訊畫面會縮小到只剩投影片的十分之一大小。可以的話，盡量在不靠投影片的狀態下開始說話，藉此先建立起你的數位存在感。搞清楚觀看者可以如何調整為「並排模式」，也就是共用螢幕在左，與會人員在右，並鼓勵大家都切換到這個模式。這樣他們就可以靠移動中線來決定要放大並看清楚你，還是放大來看清楚你的投影片，藉此獲得最佳的開會體驗。當你想要強調某個重點時，請你記得先退出投影片模式，免得你必須要跟輔助的視覺素材競爭與會者的注意力。

你作為主要敘事者的地位不容投影片挑戰。

欲見有關 TED Talks 各種比率分析的資訊表格（講者每分鐘使用多少張投影片、說多少個故事、舉多少個例子等等），請前往網址：podiumconsulting.com/ratios。

第五章

完成迴路

Close
The

豁出去先生打臉自己

1995 年，我的同事和我在多倫多市中心位於聯合教會和布洛爾街轉角一間溫暖明亮的會議室裡坐著。在花了幾個月重塑產品品牌後，我們熱切地期待著這天的會議，巴不得可以趕緊看到廣告公司為我們想出了什麼樣全新的包裝概念。「我們為了這個案子，可以說把一切都豁出去了，」坐在桌子對面的創意總監開口這麼說。

光看他這句豪言壯語，你會覺得交給他真是正確的決定。但要是你在會議室現場，你就不會這麼想了。因為在現場的我們只覺得自己遭到了羞辱。

這位創意總監對我們產品案子流露出的興奮感，還比不上他說他等不及要去把皮鞋刷亮，嗯，前提是他要先有一雙值得刷亮的鞋子。事實是，他坐在會議桌對面，肩頭蜷縮在他復刻 80 年代雅達利（Atari）電玩主機標誌的宅宅 T 恤中，說起話來非常完美的單調，眼神閃爍到他好像是個剛撞壞家裡車子，正要跟媽媽自首的大男孩。他嘴巴上說自己為了案子豁出一切，但你從他的聲音中完全聽不出任何一點燃燒小宇宙的熱情。

也許他實在是不以自己的作品為榮——我們這邊確

實是覺得他的東西普普通通。不論是他的人或他交出來的東西，我們都不買帳。我們是跑到了對街，才找到一個好像對他們作品——還有我們的案子——有一點熱情的人。

豁出去先生的問題出在他沒能完成迴路。他沒能把簡報內容和表達方式的風格統一起來，然後將整體結果傳遞給我們——他沒能用一絲絲的熱情或眼神接觸把他所謂的「豁出去了」表現出來。這種風格的斷點讓他付出了慘痛的代價。

若是迴路能夠完成，能量就可以順利流動，燈泡就會亮起，你就能夠讓全場為之震動。有著完整迴路的連結是砂礫中的珍珠，是寶物，而且是強大的寶物。

想把迴路連上，你也做得到。幾個小小的改變就可以產生大大的不同，就能讓你藉由與他人的連結發揮前所未見的影響力。

到目前為止，我們已經討論過如何與聽眾在智識和情緒層面上進行連結——包括縮小牆壁、打造箭囊，還有添加強力訊息都是具體的做法。而如今我們要聚焦的是：在講堂中呈現演說時，我們可以如何將迴路封閉。

眼神接觸

社會科學已經再三告訴我們在演講時最重要的呈現技巧，就是眼神接觸。再怎麼有經驗和成就的演講者只要談到眼神接觸，都永遠有進步的空間。讓我們來看一些資料，藉此來定義何時是眼神接觸的好時機。

學者卡洛琳・阿特金斯（Carolyn Atkins）想要瞭解眼神接觸的多寡會如何影響聽眾對於講者的觀感。她把眼神接觸分成三個等級：毫無眼神接觸——講者看向聽眾的時間少於整場演講的 10%；少量眼神接觸——講者看向聽眾的時間落在整場演講的 10% 到 50% 之間；良好眼神接觸——講者 90% 的時間都看著聽眾。

對於前兩種講者，聽眾的評價都不太高，且在他們對這類講者落落長的批評清單上，你會看到他們說沒有或很少眼神接觸的講者感覺「軟弱」、「差勁」、「枯燥」和「無聊」。這些都是我們任誰也不想與之有任何瓜葛的字眼。[51]

等講者一達到 90% 的良好眼神接觸門檻，聽眾就會覺得講者更可愛些，更聰明些，並判定他們值得領到高薪。同時聽眾從這類講者身上也能學到更多東西。[52] 這一

整套印象可就吸引人多了。還記得我在第一章提過路克作為一名管理者的輕鬆改變兩段論嗎？只要讓現狀夠不舒服，然後提出一個讓人拒絕不了的提案。這樣大家就會不得不離開現有的環境，朝著你設定好的目的地前進。我也很看好你們能看得出好壞，朝著「良好眼神接觸」的境界邁進！

多數講者都達不到 90% 眼神接觸的程度。他們的心不在講堂裡，而是在筆記上。他們帶上了結構嚴謹且文筆優美的筆記，然後過度依賴筆記，結果就是讓人感覺他們很不在狀況內。還記得南西跟我抱怨過那名用單調語氣和專業術語把全場推入一片死寂的講者嗎？就是讓我開始在這一行創業的那位？他就是一個不看臺下只看筆記的血淋淋案例——當然我還是很感謝他讓我的事業起步。

在陪過度依賴筆記的講者彩排時，我常會從臺下打斷他們，問他們一個問題。而他們在回答我的時候靈魂都會回到現場，跟臺下有眼神接觸，也會拿出在對話而非唸稿的口氣。他們在現場觀看的同事無一例外地會說：他們回答的效果比他們看筆記演講的效果好得多了。

我不是反對筆記。我只是反對不當地使用筆記，反

對你因為筆記而融不進現場的氣氛。準備筆記沒有問題，大家盡量，但請只在適當的時機暫停一下去參考，不要整個人黏在上面。不用花心思鬼鬼祟祟地希望聽眾不會注意到你偷瞥了一眼你寫在手上的提示，就像 2010 年 2 月，身為阿拉斯加州州長的莎拉・裴琳（Sarah Palin）所做過的一樣，當時她演講的對象是茶黨（the Tea Party）。她草草寫在手掌上的字眼是「能源」、「砍預算（劃掉）」、「稅」和「提振美國精神」，並在回答問題的階段講到了這些東西，結果引發事後一陣嘲諷，畢竟裴琳不久前才剛訕笑過總統歐巴馬是個「靠提詞機撐起來的人氣王」。[53]

　　小抄寫在掌心這一招或許在筆試時管用，但遇到演講這種「口試」就不對了，而且也沒必要。演講的時候你只需要確認內容，停下來看一眼紙上或螢幕上的筆記就好。聽起來很簡單，是吧？但這裡有個問題是：處在壓力之下，你會不想為了看筆記而把嘴巴停下來。用不了多久，你就會開始出現有許多段落從頭到尾，你都沒把頭從筆記中抬起來的現象。這並不是個有意識的決定，而是人在眾目睽睽的壓力下會出現的下意識反應。人會嚴重依賴筆記是可以理解的現象，但這麼做的效果就算再好也就是差強人意，稍微出點差錯就會產生一連串反

效果。

　　有種人是「寫得比說得好聽」。如果你就是這種人，那你可以在準備演講的過程中加入寫逐字稿的環節。這會有助於你思考你想說些什麼和打算怎麼說，所以會是很好的練習。當然你不要把逐字稿當成寫好就完成了。你要把稿子提煉成子彈重點，將稿子中的金句加上粗體，然後另存成一個只有金句而沒有逐字稿的版本。

　　接著就是在頁面上把你每一個支持重要訊息的子彈重點用欄位區分開來，以便你在臺上想很快瞄一眼內容的時候一目瞭然。在我以說服人玩風帆為例的簡報範例中，我提到第一個要人嘗試風帆的理由便是掠過海面讓人心曠神怡。如果將欄位加子彈重點的模式套用在這個理由上面，看起來就會像下面這樣：

A：掠過海面讓人心曠神怡

- 讓人心情好起來
- 可以感覺明顯的風勢
- 和動力滑水進行比較
- 珍妮「玩到上癮，索性轉成職業！」

　　請注意，子彈重點不需要對作為一名讀者的你有任何意義。子彈重點只要對我這個講者有某種意義。它們只需足以讓我想起下一個要說的重點是什麼。

　　為了最大化你在講堂內的存在感和影響力，請抓住你當下的重點直到把這個重點該交代的一切都交代完畢。人在臺上難免都會「吃碗裡看碗外」，現在的東西還沒講完就在擔心下一個要講什麼。上個動作還沒完成就想做下一個。還是以我的風帆簡報範本的頭幾個重點為例，想像一下我明明還在介紹風帆的板子會如何在你累積出速度後慢慢從水面立起來，但我腦子裡已經在「超前部署」，已經在想著怎麼跟臺下分享風在臉上吹拂的快感。一旦犯下這種錯誤，我就會讓自己瞬間在講堂內出戲，與聽眾的連結也會瞬間削弱——迴路也就無法完成。

　　你一定看過有種講者，不能說他沒有跟臺下眼神接觸，但你就是能看得出來他心不在焉，因為他臉上就是寫著「我在腦子裡搜尋著內在提詞機，看下一點要講什麼」的模樣。不要讓那個人變成你。

　　老實在你現在的重點上待著，直到把一切交代完之前都別讓眼神渙散。要有信心，要相信你的下一個重點就在筆記裡等著你，完全不需要擔心。完成一個段落後，

暫停一下，讓下一個重點有時間載入到你的工作記憶中，也讓你有時間跟聽眾重新完成連結。在那之前都不要急於開口。只要你在參考筆記時顯得老神在在，聽眾就不會在意，甚至會很感激有這一小段空檔，因為他們可藉此喘口氣，消化一下你的前一個重點，也等著你丟出新的東西。

同樣的原則也適用於在視訊中發言的情況。你要和視訊鏡頭保持至少 90% 以上時間的眼神接觸。將你的子彈重點放在鏡頭下方一處窄而短且方便你滑動的頁面上，這會讓你在參考筆記的時候也不至於讓目光離開鏡頭太遠。你也可以在鏡頭正下方放一張上面寫著重點的便利貼。

理想狀態下，你一分鐘之內不會參考筆記超過一次。要是你參考筆記的次數太頻繁，整場演講或簡報就會變得很拖沓。縮小牆壁和納入強力訊息的一個好處，就是比起一長串子彈重點，你會不太需要經常看筆記。你的內容會更容易記住。

若真忘了要講什麼，冷靜地看一下筆記。只要你不慌亂，全場就不會對你失去耐性。

要撼動全場，你必須 90% 以上的時間都與全場保持

連結。需要載入下一個重點的時候可以暫停一下。

✋ 幫你的火車重鋪軌道

　　百大講者麗茲‧維拉斯奎茲（Lizzie Velásquez）在《你如何定義自己？》（How Do You Define Yourself？）的演講中不靠任何筆記，就描述了她的個人經驗。她找到有人在網上發布了一段關於她的八秒影片，上頭還標注她是世界上最醜的醜八怪，觀看數有 400 多萬次。在數千筆的評論中，她讀到了這樣的留言：「麗茲，算我求妳了，拜託，就算是幫這個世界一個忙，拿把槍抵在妳的頭上，去死一死吧。」

　　毀滅性的打擊。但她隨即意識到：「我的人生掌握在我的手裡。我可以選擇把日子過得很好很好，也可以選擇讓它變得非常糟糕。我可以心存感激地睜開眼睛看看那些我確實擁有的東西，讓我擁有的一切定義我。我或許有一隻眼睛看不見，但我的另外一隻眼睛好得很。我或許體弱多病，但我的髮質真的很好。」臺下聽眾席中傳來呼聲，「真的！妳頭髮很漂亮！」她笑著把手放在頭上。「哎呦，你們害我忘記要講什麼了啦！」

很多人被這樣打斷都會真的講不下去，但維拉斯奎茲沒有被打倒。她只是冷靜地問了一句：「我剛剛講到哪裡了？」「妳的頭髮！頭髮！」臺下大喊。她謝過聽眾並接著往下講，一點問題也沒有。

即便你打算能不用就不用，把筆記備在口袋裡或桌子上還是好的。當然，這些筆記可以印出來，也可以放在你用來放投影片的筆電螢幕上，但就是不要為了看筆記而拿著手機或平板在手上。那會給人一種你在前來演講的路上還在抱佛腳寫稿的不良印象。

為了讓印出來的重點好讀，你不妨把字體調到 18 點或以上，且只將其列印在紙張頁面上半部分的 1/2 或 2/3。筆記若能印在卡紙或手卡上，有一個好處是你的手抖會比較不明顯，翻閱的沙沙聲也比較不會從麥克風傳出去——用普通紙張就可能會有這種風險。若你面前有個可以放東西的講臺——當然我是不推薦講臺這種設備啦（後面再詳細說明），請你把筆記盡量往高處放，離聽眾愈近愈好。這麼做能讓你即便在需要看筆記時，眼神也不用飄移太遠。還有講臺是斜的，所以你最好準備個東西壓著。

在紙張上標編號。我曾經有一名客戶在上臺時把筆記撒了一地，沒標號的卡片就這樣散落各地，為原本已

經很緊張的她平添不必要的壓力。

利用一些小小的改變來讓你的筆記更加順手，更一目瞭然。

✋ 像個搖滾巨星般眼神交流

眼睛終於可以離開筆記後，我們下一步就是要強化講者與聽眾間的連結。多數講者的眼神在講堂內轉來轉去，像在亂槍打鳥，這會給人一種他們不自在或很緊張的感覺，進而削弱臺上與臺下之間的連結。不要這樣做。正確的做法是與臺下每一位聽眾進行大約三到五秒鐘的眼神交流。每當你的演講來到一個頓點或完結時，你可以隨機讓眼神與下一名聽眾有所接觸。這種亂數般的轉移是很重要的──你不好太機械化地把注意力從某個小姐身上轉移到她旁邊的先生，然後再從那位先生轉移到他旁邊的女士，那會讓你看起來很像草坪上的灑水器，只會在那邊「噠、噠、噠……噓噓噓……噠、噠……」

你應該看過像碧昂絲（Beyoncé）或 U2 合唱團主唱波諾（Bono）等巨星在舞臺上的表演吧，他們在臺上的眼神都很沉著穩定。那是你在業餘者身上看不到的風範。

這項落差也適用於講者之間。但這些專業人士不是生來就能在臺上做出理想的眼神接觸，他們是練習過的。

先和某名聽眾進行三到五秒的眼神接觸，然後再隨機「臨幸」另一個人。

不要把尷尬跟無效混為一談

如今我已經傳授了幾種呈現演講的手法給你們知道，接下來就是思考一下你使出這幾招時會有什麼感受的時間了。答案也很簡單，就兩個字：尷尬。改變就是會招致尷尬。你要是不習慣在參考筆記時暫時閉上嘴巴，那你在這麼做的時候就會覺得渾身不對勁。我在密集小班制特訓時讓學生在他們同儕面前這麼做，結果他們跟我說：「那短短的暫停感覺像一輩子」，但他們的同儕卻說：「不會啊，哪有那麼糟？」

人在有意識地去做特定動作時，很容易僵硬，而一僵硬，你就會看起來像是個，嗯，機器人。但不要因此就放棄嘗試。只要多加練習，僵硬的感覺就會逐漸減少，一個看起來篤定又自信的你就會慢慢出現。假設你在練習把肩膀挺起來去強化你隨機在聽眾間進行的眼神接觸，

那麼最初你一定會看起來像在跳機械舞，一整個非常生硬。但只要多堅持一會兒，慢慢地你肯定能順利增強與臺下的連結，放大你在臺上的存在感。

不經一番尷尬病，哪得臺上做自己。

像在聊天的口吻

追求順暢是一種陷阱。你愈是追求講得順，就愈可能和現場氣氛脫節，陷進筆記的引力範圍。一旦你為了順而開始讀起稿子，你就會中斷與臺下的眼神交流，變得像是個局外人，同時你的聲音也會變得壓縮和扁平。運氣好，臺下會覺得你很無聊，運氣不好，聽眾會覺得你的話不可靠。

如果你打算把逐字稿背起來，我會希望你三思。聽眾不是傻子，你一背稿，聽眾就能看出你不是來跟他們對話，你只是看著你內心的提詞機在照唸罷了。你會聽起來像個機器人，會嚴重缺乏自信。聽眾會開始放空，開始在腦子裡評估晚點要吃什麼。

所以請你斷了追求順暢的念頭。比起順，更重要的是把你的核心訊息用對話的口吻傳達給聽眾，順不順什

麼的真的不用放在心上。你應該將文稿提煉成子彈重點式的線索，然後——聽清楚了——允許自己用跟寫稿時不太一樣的遣詞用字去表達本質相同的內容。100 場演講裡有 99.9 場，聽眾在現場聽到的內容都會比你腦袋中自行想像的順不順更重要，而我高度建議你不要以為自己會是那千分之一的例外。

接下來就到了我們追求對話口吻的時候了。最好的講者例如布芮尼‧布朗，她站在臺上，聽起來會像在跟你對話——好似他們在跟朋友話家常。當然，他們的聲線偶爾會高亢幾下，但大部分時候他們都像在跟你聊天。

只要你放棄追求順暢，專注在核心訊息的傳遞上，你就能跨越眼神接觸的 90% 門檻，而眼神接觸的好處就會歸於你（你會更討聽眾喜歡、看起來更睿智、感覺更值得領高薪）。你將感覺壓力減輕。而且會聽起來更口語，而自然的口語恰好能彰顯你在臺上的自信。

要突顯你像在與人對話的口條，記得一定要在言談中穿插日常的用語。我在美國南部的一個顧客開口就是「I'm fixing to……」*，為的是說明她這一年每一季的計畫。

---

* 類似「I plan to……」，意思是我打算要，我將要做什麼事。

還是參議員的歐巴馬曾在 2007 年時說「我醬算點火完成了，隨時可以出擊。」連音該用就用，不用忌諱。不然你覺得哪樣比較日常對話，「我這樣」還是「我醬」？

用對話的口吻，傳遞訊息的本質。

為你的手勢與聲音注入生氣

正所謂好吃的東西吃多了就不復美味。巧克力如此（我試過），美酒如此（我試過但偶爾會忘記我已經試了），聲音也是如此。持續用聊天的語氣進行演講，你終究難以長時間讓聽眾保持專注。所以想要保持迴路完整沒漏洞，隨時切換，你該如何是好？

辦法有好幾個，包括固定一個頻率在你的聲音中加入生動和威信。找出足以強調訊息的文字陳述，透過手勢去添加口語表達時的力度。讓我們很快做個 A ／ B 測試。用手機的錄音功能錄下自己執行下方兩種任務的表現：

A. 說「這是個天大的好機會！」並保持兩手不動。

B. 重複同一句話，但這次配合手勢說出「天大」一

詞。假裝你在用力比出一臺冰箱的寬度。不要把重點放在你的聲音上，重點是你的手勢不能顯露出一絲猶豫。想像你面前有一張面紙，然後用力把那張看不見的面紙劃破。這只是一場實驗，所以不管怎樣就先試試看，不用擔心你的動作會過快。

實驗完把錄音播出來聽看看，相信你能聽出兩次聲音的抑揚頓挫有著顯著的差異。在第二個版本中，你應該能發現自己的聲音在手勢的加持下顯得更亮，更聽得出當中的強調和威信。想像在你的雙手和聲音之間有一組看不見的拉線與滑輪。要讓自己「開嗓」最好的辦法，就是專注在自己的雙手上，而不是聲音。手勢會透過滑輪組拉動你的聲音。

✋ 我現在火力全開

設想有名神經科學家，是個工作狂而且自己承認完全沒有社交生活，你腦中會浮現出哪些模樣：書呆子、衣服皺巴巴、不太會講話？鈴木溫蒂（Wendy Suzuki）這名在紐約大學任教的神經科學家似乎完全對不上這些刻

板印象。

在滿場 TED Talks 聽眾前，她戴著俏皮的貓眼眼鏡，穿著活潑的藍色襯衫，神采飛揚。她的研究領域是大腦中與長期記憶的形成和保留息息相關的區塊。歷經了多年來在同一範疇的專業薰陶後，她做了一件少有終身職教授會做的事情：轉換研究重心。她說，「我發現了一件超有趣的事情，一件有機會造福許多生命的事情，所以我必須義無反顧地投入研究。」

她解釋說，雖然她的學術生涯走來算是順遂，在更換研究重心前也已經在專業上小有名氣，但她一點也不開心。「我完全沒有社交生活。我的時間幾乎都花在黑漆漆的房間裡，聆聽那些腦細胞的聲音，旁邊一個活人都沒有。我每天就是坐著不動。我比以前腫了 11 公斤。」

為了打破這種悲慘的生活，她踏上了一趟泛舟之旅，「我單槍匹馬，因為我沒有朋友。」在聽眾笑完之後，她接著說，「而回來之後我就在想，『喔，我的天啊，我是那趟旅程中最弱的弱雞。』」因此她開始把她屬於 A 型人的專注力集中在運動上，並開始注意到自己的心情和精力都變好了，整個人感覺變強了。這讓她持之以恆地上起健身房。

　　一年半之後，她減掉了 11 公斤，並發現自己開始可以「保持專注並展現出前所未見的注意力長度。而我的長期記憶力——也就是我在實驗室裡研究的東西——好像在自己身上也進步了。就是在這個時候我靈光一閃。也許我生活中新加入的種種運動改變了我的大腦。也許我在無意之間，已經拿自己做了個實驗。」

　　鈴木如今的研究範疇，變成了運動對大腦的改變能如何讓人過得更好，甚至她還自己站出來，成為一名經過認證的健身教練。在她名為《那些運動改變人大腦的好處》(The Brain-Changing Benefits of Exercise) 的那場演講中，她令全場沐浴在從她的雙臂和音色中散發出的電能裡。聽眾笑著聽她說起大家最常問她的一個問題是：想要讓大腦享受到這些改變人生的好處，最低的運動量門檻是多少？作為這個問題的回答，她說道，「首先，各位不用緊張，你不必成為鐵人三項選手才能享有這些好處。」就在她說出「各位不用緊張」的同時，鈴木揮動起雙手，化身為棒球場上判決打者安全上壘的一壘審——而這僅僅是她全場演講中無數生動的動作表情之一。

　　演講來到尾聲，她讓全場聽眾起身做了一些並不複雜的有氧運動，中間還穿插著呼喊和互動。她嘴裡邊說

著「我現在火力全開，」邊拉回了她的拳頭，就像個鬥志十足的運動員在握拳慶賀勝利。她確實完成了迴路，她的能量很神奇地傳導到了聽眾身上，而他們也用比鈴木更強大的能量做出回應。短短幾秒內，整個場地都被點燃了起來。就在大家坐下讓這位健身教練總結演講的一瞬間，他們隨即又跳了起來鼓掌，這次他們歡呼的目標無疑是她的創見，以及她的活力。

在視訊上講話，你更要把能量放大，因為螢幕會有讓你的表現平淡化的傾向。

✋最糟糕的建議

我每星期都要聽一次：「但我很多年前被說手不要動來動去，因為那樣會讓人分心。」沒錯，有些人的手部動作真的多到像在野餐時趕蒼蠅；但只要你的手勢是跟內容配套且搭在重點上，那這種狀況就基本不會發生。我們等一下就會提到什麼叫「不跟內容配套且沒在重點上」的手部動作，但在大多數狀況下，你都有很大的空間可以把有意義的動作整合進演講中，為你的肢體動作和聲音表情增色，但又不至於讓聽眾分心。「手不要動來動

去」在一般狀況下都不是什麼好建議。多數的百大講者都是手在動比沒在動的時候多。

不要跟我說你沒看過動畫電影（尤其家裡有小朋友的，你應該看到不想看了吧！）我想說的是，你有沒有看過配音員在錄音的實況？卡麥蓉‧狄亞（Cameron Diaz）、約翰‧李斯高（John Lithgow）和麥克‧邁爾斯（Mike Myers）替《史瑞克》（*Shrek*）配音的過程就有一些非常精彩的段落被錄下來。他們全都站著，手忙得跟什麼一樣，只為了讓角色的聲音活起來。當然啦，我們在電影裡看不到他們的臉跟手，但他們的活力已經在聲音裡「一覽無遺」。

我的一名顧客葛雷格曾經用非常「平」的聲線在講述他的跨國顧問工作。後來他嘗試使用更明確的手勢來幫演講加分。如今他已經完全「入坑」了。現在我每次遇到他，他都堅持要給我一個唱作俱佳的招呼。他會啪地一下敞開胸懷，然後張口就是「傑里！好久不見了！」他看起來、聽起來都像中了頭獎，搞得我也好想給他一個熊抱。

✋如何無痛且自然地為你的音色增色

要是太直接放大你說話時的聲音表情，你很快就會成為眾人眼中的說故事叔叔或阿姨，就像你拿著本童書在哄小朋友似的——如果你人真的在幼稚園教室裡，那當然沒問題，很棒，但要是你人在會議室裡，那可能就需要調整一下。其實你只要專注在手勢上就行了。手勢會自然而然地帶動你的「演講音域」放大。

雙手萬能，而這也包括它們能為你在臺上的溝通能力加分。有些語言信號特別能獲得手勢的強化，你要去留意這些語言信號的出現，然後果斷地用出手勢。我這邊先介紹六種這類語言信號，算是拋磚引玉：

1. **列舉編號**：在對聽眾宣布你要分享三個重點後，就用相應數目的手指刺向空氣。記得要用足夠的速度去刺破那張看不見的衛生紙。但千萬不要用手去指聽眾。用手勢列舉你的內容有助於你用更清晰更篤定的風格表達。

2. **劃分時間、派別或數量等資訊**：如果你討論到發生在一段時間內的事情，不妨使用張開手掌的手刀去劃

分時間線橫軸上的日期。時間的流向要用聽眾的角度去設定——從他們的（而不是你的）左邊流向右邊。我見過沃爾瑪（Walmart）的執行長道格‧麥克米倫（Doug McMillon）用雙手討論薪資和他所謂的機會階梯。當講到不同的薪資水準時，他用手在眼前一個看不見的階梯上將它們區分開來。他在講臺上強大的企業高層形象，有一大部分得歸功於他的那雙手和他聲音中的權威口吻。

3. **強調形容詞和副詞**：留意內容中出現的「大」、「小」、「巨型」、「爆炸性」、「成長」和「縮小」等字眼，然後以適當的手勢搭配。你不會想讓整場演講變成手語表演，或是好像在玩比手畫腳，所以你要去抓描述性的字句，然後畫龍點睛地用手勢去強化訊息的傳達。

4. **抓時機暫停手勢，增添你言談的力道和分量**：百大講者埃絲特‧沛瑞爾（Esther Perel）在《反思不忠：獻給所有愛過之人》（Rethinking Infidelity: A Talk for Anyone Who Has Ever Loved）的演講中談到了出軌這個很敏感的主題。她說起話來信心十足。她掌控全場的權威感來自三者的組合：眼神接觸、強調性的停頓，還有用確切手勢強化的聲明。「我看待外遇是用一種雙重角度：一邊是傷害（伸出左手）和背叛（左手停頓），另一邊則是成長（伸

出右手）和自我恢復（右手停頓）──它對你（再伸出左手）造成什麼影響，又對我（再伸出右手）有什麼意義。」每個關鍵的字眼都搭配眼神接觸傳達給某位聽眾。停頓時，她會持續看著某個接收到前一則訊息的聽眾。然後她會先轉頭看向另一個人再展開下一個段落。

太多時候講者會過早把手縮回，而這一方面會稀釋他們的存在感，一方面會弱化他們的影響力。且讓我們再來一次 A／B 測試。這一次當你強調「這是個天大的好機會」中的「天大的」一詞時，試試看一種停頓的呈現版本，也就是你要在講到天大的機會的時候假裝面前有一臺冰箱，然後去扶它兩秒鐘，扶完再把手放下。比較一下在講到好機會前就把手放下的效果差別。

5. **引導聽眾的注意力**：用張開的手掌去指明你在感謝誰，比方說給你演說機會的大會主席，或是用手指向身後，讓聽眾知道你希望他們看看螢幕。

6. **盡早開始使用手勢**：愈早開始使用手勢，你就能愈早放鬆，這樣你整場演講就會顯得更加自在和自信。

當然，手勢使用過度的可能性是存在的。我們每個人都有一堆不夠正式且意義不明的手部習慣動作──就像

《小子難纏》（*The Karate Kid*）系列電影中的宮城先生（Mr. Miyagi，他用一堆莫名其妙的動作教男主角空手道）遇到沒落在拍子上的歌詞跳跳球。你要是這樣去跟人聊天，應該會滿可愛的。但在臺上過度使用這套，只會讓人不確定你想幹嘛。如果你正好也有這樣一雙不受控的手，那就請你要麼放它們一天假，要麼學會進行有意義的表達。

反之，要是你是那種動口不動手的講者，你可能會不習慣把一些手部動作融入演講的表達中。這樣的話，請你在下一場電話會議中練習搭配手勢發言，反正沒人看得見。我想有很大的機會，其他人雖然看不見你，但他們會感覺到你的發言更清楚、更篤定、和更有說服力了，而這都得歸功於你的手部動作。按照鈴木溫蒂所說，手部動作會強化你的腦部功能。要是還想讓自己的表達能力更上層樓，你可以嘗試站著，因為站著可以讓橫膈膜幫助你把聲音投射得更遠。

用生動的手勢帶動你放大聲線的抑揚頓挫，這會是你讓演講表達更上層樓的絕招。

我們會在本章稍後繼續探索拓展聲音表達的更多辦法。但首先讓我們把手勢的部分做一個收尾。從頭到尾

都不讓手休息絕不是你想看到的事情，所以沒輪到它們出場的時候，你應該如何安置自己的雙手呢？

穩健的臺風——手部版

我常被這樣問到：「手不用的時候要往哪兒擺？」顯然很多人都不知道該拿沒在用的手怎麼辦。這其實滿搞笑的——我們帶著這些四肢活動了幾十年，從來不覺得它們給我們添過什麼大麻煩，但沒想到一上臺它們就給我們添亂。站在聽眾面前，我們會尷尬地覺得自己是多長了兩對手腳的外星人。

面對這問題，你有幾個選項。你可以把肚臍當成雙手的停車場。若選擇這麼做，你可以不要太緊地讓手指交叉，或是讓其中一隻手的手背貼上另一隻手的手掌，或隨興讓兩隻手的某個部位碰在一起——只要別把手抓得超緊，讓人從中看出你的緊張感就好。

避免讓雙手互碰並低垂在身前，好像一副你全身光溜溜，但又不想被看光光的模樣。這種姿勢會讓你自然而然駝起背來，降低你的存在感。只要把雙手放在肚臍附近，你的肩頭就會自動稍稍挺起來，而這就能

放大你的存在感，所以這才會是無數大老闆的基本姿勢，就像臉書的雪柔‧桑德伯格和沃爾瑪的道格‧麥克米倫都是愛用者。至於他們在電視新聞圈的同好則有美國有線電視網 CNN 的主播安德森‧古柏（Anderson Cooper）跟加拿大廣播公司 CBC 的伊恩‧哈諾曼辛（Ian Hanomansing）。

這種姿勢的一個變形是想像你手握咖啡廳的餐盤，並同時把雙肘置於身體兩側放鬆。這一招特別適合臂長與腰圍比例讓你不能好好把雙手放在肚臍上的朋友。

軍中那種稍息的姿勢是大忌，因為那很諷刺地會讓你一點都不輕鬆。你會看起來像是緊張地準備迎接大官來的小兵。另外，除非你是要在聚會上占位子，那我沒話講，否則也不要把手搭在褲子或裙子上。在臺上的服裝要力求合身不鬆垮，為此你可以量身訂做或使用皮帶繫上。

我還建議你避免讓雙臂垂在身體兩側，你會失去肩頭上原有的一點挺拔，看起來說好聽是僵硬，說難聽是像個史前人類尼安德塔人（Neanderthal），毫無姿態可言。

關於手部會造成的干擾還有一樣不得不提，那就是請避免讓手在你的口袋裡亂掏東西。我們已經進入一個

不用帶鑰匙也沒有零錢的時代——感謝老天——所以你的口袋裡已經沒有會叮叮噹噹的東西。但如果你過去有在那邊丁鈴噹啷的紀錄，就請你把口袋裡的誘惑清空。若是比較輕鬆的演講場合，把手插在口袋裡也不是多嚴重的事情，但重點是不要因為手不知道往哪放就往口袋裡擺，口袋不是為了替你解決這個問題而存在。

你的目標，是讓雙手在演講中約 10% 到 20% 的時間內保持休息狀態。記住，在你摸索手的動與靜各該具有什麼意義的過程中，尷尬是難免的。不要把尷不尷尬跟有沒有用混為一談。尷尬不等無效。練習在喬出一個舒服的設定後讓雙手休息，藉此適應，讓你的雙手知道主人在壓力下時它們應該做些什麼。

把雙手擺在肚臍前，讓你的臺風更穩健。

視訊演說的取景、燈光和音效

在視訊演說時，要是你做了一些努力讓自己的表現生動，但其他人卻看不到，那就太浪費、太可惜了。為此你可以透過一些調整去最大化你在線上演說時的效果，進而強化你與其他與會者的數位連結。對此我這裡有三

點建議：

1. **拍攝角度要好**：把鏡頭裝在與視線等高或略高的地方，好讓人看起來更討喜。你可以把筆電放在箱子上來調整這個高度。如果你是用手機拍攝，最好準備相機基座來把手機裝到迷你或正常腳架上。取景時要起碼讓頭部和上半身入鏡。這樣你才能縮小和觀看者的距離，藉此保持連結的強度，同時又能拍到你一部分的手勢。試著保持背景的乾淨整齊，避免造成與會者分心。

2. **光線要恰到好處**：最好能有一個叫作「主燈」的主要光源，再加上一個叫作「補光燈」的次要光源。主燈可以由窗外的自然採光擔綱。光線最好能以 45 度打在你臉上。這能在你臉的另一側創造出陰影。適量的陰影有助於創造出輪廓，而輪廓可以加分。要是陰影過多，你可以用補光燈減少反差。避免坐在直射的陽光下或讓自己太靠近明亮的窗邊，因為那樣會讓你過曝而不好看見。你可以貼一兩層紙在太亮的窗戶上。

3. **音效要有支援**：地毯、家具、窗簾和床單都有吸收聲波、壓抑潛在回音的效果。花點錢在麥克風上可以大幅改善你的收音。把麥克風放近一點——離你的嘴巴

大概 15 到 30 公分，讓科技產品發揮其最大的效用。

用小小的改變，讓在視訊上講話的你更好看，也更好聽。

速率和暫停

「我在職涯早期聽說，如果我說話速度愈快，聽的人就會覺得我愈聰明，」哈利勒在鋪著棕色拼布地毯的會議室裡跟我這麼說，當時我們人在一間有著隔間牆的兩層樓飯店裡。我們去那裡是為了和他的同事一起參加沉浸式講者訓練營。

「誰跟你說的？」我問。他說他記不得了。我跟他說他話說得太快，只是在剝奪其他人感受你創意的價值的機會而已。

「那我應該怎麼做才好？」他問。「我知道我應該放慢速度，但我就是慢不下來。怎麼辦，我真的很想讓人為了我的創意而熱血不已！」

這種太熱血所以嘴巴慢不下來的問題，不是哈利勒的專利。百大講者的平均語速是每分 165 個單字。以機

關槍速度講話著稱的紐約客是每分鐘 200 個字。[54] 百大講者中的快嘴是尚恩・艾科爾（Shawn Achor）和東尼・羅賓斯（Tony Robbins），兩個人的語速分別是每分鐘 230 和 231 個字。看艾科爾的演講時，我忍不住確認我是不是把播放速度設成了 1.5 倍速，結果並沒有。

「我在筆記上寫下『慢一點』來提醒自己放慢速度，」是我常從有這問題的人那邊聽到的一招。「管用嗎？」我問對方。十之八九對方會說不太管用。「我一放慢就聽起來像個機器人，然後我就又重新變回機關槍。」他們會這麼回答，不然就是會說，「我一開始演講就看不見筆記上寫什麼提示了。」

我跟哈利勒說，「聽眾喜愛你，有一部分是因為你充滿感染力的能量，而那股能量的傳達就是要透過你的語速。所以不要放慢。」他好像瞬間被我搞迷糊了，直到我接著說，「但要有配套——你要在高速的語速間穿插較頻繁且較長的空檔。」說到這裡我暫停了一下，讓哈利勒把訊息吸收進去。

「聽眾可以利用暫停的空檔來消化你剛形塑出的想法，並期待你讓他們欲罷不能的下一個想法。」他是個藝術愛好者，所以我又補了一刀說，「想像我把你放到一張

有輪子的辦公椅上，邊跑邊推著你在紐約現代藝術博物館裡跑來跑去，同時還一邊大喊著，『快，看，那兒有一幅莫內，這裡有一幅馬諦斯，然後那邊還有一幅梵谷。』你覺得我才跑幾步就會被你喊住說『停！我想好好看畫』？你也應該讓你的聽眾好好欣賞你講出來的話。」

> **"**
>
> 論音符的處理，我不見得贏過許多其他鋼琴家。但音符之間的暫停——啊，那些才是藝術所在的精髓。
>
> 阿圖爾・施納貝爾（Artur Schnabel），鋼琴家，作曲家
>
> **"**

　　暫停這種概念知易行難。我這有幾種辦法可以幫助你讓演講的內容更充實，讓呈現更活潑，同時也能讓你保持演講的迴路完整。

✋ 想知道一個自我提示的好辦法嗎？

壓力往往會有讓我們加速而非減速的效果，所以一但我們感覺到緊張，暫停就會變得比平時更加重要。你可以怎麼做來提醒自己，讓自己別一股腦地往前衝呢？你可以適時使用一些反問句來叫醒自己，讓自己知道要踩煞車。作為紅利，這種「偽問題」還可以讓你進一步與聽眾產生連結，因這種由講者反問的問題很難讓人當作沒聽見，不是嗎？

百大講者每兩分鐘就會用一次反問句。2015 年 3 月在《恥辱的代價》(The Price of Shame) 演講中，莫妮卡・陸文斯基（Monica Lewinsky）跟溫哥華的 TED Talks 聽眾分享了在另一場會議中，一名 27 歲的年輕人是如何搭訕她。「他很帥，我很開心，但我沒有接受。你知道他被拒絕的搭訕開場白是什麼嗎？」她暫停了大概兩秒，趁此時勾引著聽眾附耳過來。你幾乎可以看出聽眾一個個向前傾的角度。「他說他可以讓我重溫 22 歲的感覺。」

使用反問加暫停的組合技。

✋ 數數兒

幫重點編號,並在第幾第幾點後暫時停頓。我還在亨氏食品服務時,比爾‧史普林格(Bill Springer)是北美業務的總裁。他先說了,「未來一年我們有六項工作重點,就六項,其中第一項是⋯⋯鮪魚。」重點是,他在說完第一後,暫停了一下。

養成在排序數字後暫停的習慣,好讓你的重點在聽眾腦海中盤旋久一點。

✋ 把脖子伸出去

用暫停去做到一件事情,那就是抬高並區隔你的主題和副主題。我這邊就再舉史普林格為例,關於用暫停擡高主題他是這麼做的:「首先,(暫停)鮪魚(暫停)。」你應該看得出來,他暫停在主題「鮪魚」的前後兩端。沒錯,讓主題向上脫離演講原有的平衡,就是要靠在其前後暫停。這可以增加你演講的清晰度,也產生讓你在長篇大論時不至於超速的效果。

主題講完後先暫停一下做效果。

✋ 多跟吉佩 * 學學，你就能贏

　　用些短句子，然後在句子後面暫停。專家有種本事是可以把一篇散文變成很多連接在一起的單句。這種囉嗦化的傾向搭配嘰哩呱拉的機槍快嘴，你會穩穩地失去一大票聽眾。記得要在演說中安插一些短句。也請試著把長句切短。你可以自問「（以省話著稱的）海明威會怎麼說？」雷根在其總統任內就很愛用短而有力的宣言，包括他曾在 1984 年競選連任時用短短一句話，總結了由他來領導美國所代表的樂觀展望：「美國又將天亮。」(It's morning again in America.) 他贏得毫無懸念。

　　短句加暫停，包你贏不停。

　　只要用上述的策略提醒自己暫停，你就能更持續穩定地拉住想滔滔不絕的自己。你可以保持那股想要分享的熱情，但就是要偶爾踩煞車來循序漸進。一個額外的好處是，暫停可以讓你累積威嚴，這點我們接下來會有

---

* Gipper，指的是美國上世紀初的大學美式足球明星喬治·吉佩（William Gipp），他年僅 25 歲便因病早逝。年輕時當演員的美國前總統雷根曾在電影中扮演過他，所以也有人用吉佩這個綽號稱呼雷根。

所討論，看暫停可以如何與其他元素結合來發揮一加一
大於二的力量。

🖐 在特別強調和動之以情的重點後暫停

　　米勒（B.J. Miller）在舊金山的梅托健康公司（Mettle
Health）擔任安寧緩和照護的醫師和顧問。他之所以會走
上這一條路，是因為歷經了一次幾乎要了他的命的創傷
經歷。大二那年，某晚在跟兩個同學幾杯黃湯下肚後，
他們在凌晨四點爬上了停著不動的通勤火車。他第一個
成功爬上車頂，而他一上去，1 萬 1000 伏特的高壓電就
在某個裝置和他的手錶之間拉出了一條弧線。[55]

　　幾天後他在燒傷病房中醒來，並持續在那裡接受了
幾個月的治療和多次外科手術。如今的他是個有三處截
肢的殘障人士。這次經驗讓他對我們的照護體系架構產
生了深入的見解。

　　這個體系裡充滿了良善而且極富才華的人才，其中
有些人負責拯救了他的性命。但這也是個充滿缺陷的體
系。對米勒來說，醫療體系中以疾病為中心的一切就是
個很糟糕的設計，而這一點在臨終照護上又格外明顯，

因為醫院會對走到生命終點的病人進行密集的治療。相對於此，他認為醫療體系的設計應該要以人為本。

那場意外後的 25 年，他坐在 TED Talks 舞臺上用綠色椅子排成的一個個同心圓前，面對著一群安靜的聽眾。在這場《人生到最後什麼才重要》（What Really Matters at the End of Life）的演講中，他邀請了各式各樣的聽眾來參與醫療體系設計在大方向上的討論，並把重點放在如何把意圖和創意帶進死亡的體驗中。米勒提供了三種設計發想來導引現場對於該怎麼死的重新思考和設想，其中一種是容許人帶著一種嘆為觀止和充滿靈性的感受去面對死亡。研究顯示，這在我們接近死亡時是非常重要的一件事情。為了證明美麗可以出現在任何地方，他回憶起他在紐澤西州李文斯頓的聖巴拿巴醫學中心（Saint Barnabas Medical Center）的燒燙傷病房住了幾個月後，一個飄雪的夜晚。他聽到護士在抱怨下雪天車子很不好開，但他只能想像積雪的黏滯，因為他人被困在一間無窗的病房裡。

隔天，一名護士偷渡了一顆雪球給他。「我沒辦法告訴你我把雪球握在手中那種狂放的喜悅，那種雪水滴在我燒傷皮膚上的冷冽，那種純然的奇蹟，那種我看著雪

在我手中融成水的奇妙感。在那瞬間，我能不能活下來還是會就這樣死去，已經不是最要緊的事情，我只求在這個宇宙裡成為這顆行星的一部分。那一顆小小的雪球滿載著我不論是要努力活下去，還是要豁達地接受死亡，所需要的所有啟發。身在醫院當中，那個瞬間就像是偷來的一樣珍貴。」

　　米勒名列百大講者，可謂實至名歸。他用充滿美感的暫停，讓演講中這些動人的瞬間被賦予生氣。我接下來會把這些動人的瞬間標上暫停處，請你在重讀的時候，也跟著米勒的暫停和節奏去感受他想傳達的信息：

　　我沒辦法告訴你我把雪球握在手中那種狂放的喜悅（暫停），那種雪水滴在我燒傷皮膚上的冷冽，那種純然的奇蹟，那種我看著雪在我手中融成水的奇妙感（暫停）。在那瞬間，我能不能活下來還是會就這樣死去，已經不是最要緊的事情，我只求在這個宇宙裡成為這顆行星的一部分。那一顆小小的雪球滿載著我不論是要努力活下去，還是要豁達地接受死亡，所需要的所有啟發（暫停）。身在醫院當中，那個瞬間就像是偷來的一樣珍貴（暫停）。

經由精心安排，我們可以讓感官的滿足被放到最大，讓我們在一瞬間感覺到光是活著就是一種幸福。米勒認為在安寧照護所中有一個非常重要的空間，就是廚房，這可能會出乎很多人的意料，畢竟很多病人都吃得很少，甚至根本不吃。他解釋廚房提供的支持並非單單是吃，它提供的支持還包括廚房中傳出的氣味，還有按照米勒所說，作為一種象徵性的平臺。「認真說，在我們的屋頂下，每天都有種種沉重的事情在發生，而在這樣的沉重當中，一種屢試不爽、鮮少讓我們失望的措施，就是烤餅乾。」然後他又暫停了一下——這一下就是整整 12 秒——才又重新開口。把我們一個個人連結起來，讓我們感覺像個人的，是我們的官能感受，而就餅乾來說，我們不一定要吃它，光是聞到它出爐後的香味——滿足嗅覺——就已經足夠了。

米勒告訴聽眾，他一部分的自己已經於多年前死去。他一邊指著自己的假腿，一邊告訴大家失去是每個人都無法避免的體驗。「我得以以失去的現實為中心，重新打造我的生活，而我可以負責地跟大家說，意識到你永遠可以從剩下的生命中找到一抹美麗和意義，會讓你感覺豁然開朗，就像那顆不斷在融化，但也維持了完美

一瞬的雪球。只要我們用力去擁抱、熱愛那種瞬間，那麼或許我們就能學會去活得好一點——死亡不會妨礙我們，而是會幫助我們活得更好。」他暫停了三秒半，然後才做出了結論。「讓死亡帶我們走，而不是成為匱乏的想像力。」

花點時間思考一下，你認為聽眾的反應如何。

讓暫停成為留白。在你演講中設計供人反思的空檔。

> "
> 正確的字眼或許有效，但再有效的字眼也比不過時機恰當的暫停。
>
> 馬克・吐溫（Mark Twain）
> "

強力暫停可以讓你更加強大

你要是想增加演說的分量感，首先你必須要言之有物。這我們之前已經談過了。然後你必須要在演講中拿出認真的態度。光是你自己知道重點是不夠的，你還必須要設法讓聽眾知道哪些重點不容他們錯過或輕視。暫

停是一個好的開始，但你能做的不只於此。

當你開始把一些演講表達技巧堆疊起來時，它們會發揮一加一大於二的效果。例如，要是你做出精簡而強力的陳述並搭配與某一名聽眾的眼神接觸，然後在維持眼神接觸的前提下做出適當的暫停，那你就能把這些技巧的乘數效果灌注在那個重點上。我稱之為「**強力暫停**」。在暫停前呈現出的事實比起其他重點，會有更高的記憶點，所以務必在你最重要的重點後加入一個暫停。[56]

美劇《白宮風雲》(*The West Wing*) 裡有一幕是劇中的美國總統巴特勒在跟他讀高中的女兒柔伊講話，地點是在橢圓辦公室，主要是前一天她才跟幾名穿著明顯不像大學生的高階幕僚去一間大學酒吧喝酒，結果柔伊遭到搭訕還差點無法脫身。這可是維安上的大漏洞。

巴特勒告訴柔伊，她秋天正式上了大學後，會有更多隨扈當她的保全，她為此提出抗議。她說特勤人員光是要擔心總統會不會被人暗殺就忙不過來了，不應該浪費人力在她身上。但巴特勒說特勤人員真正害怕的是她這個第一千金被綁架。他假設了一個狀況是她被挾持到海外當人質，此時他的嗓門已經大到像在痛苦中嘶吼，「到時候這個國家將不再有什麼三軍統帥，只會剩下一個

精神在崩潰邊緣的父親，滿腦子都是他在烏干達深處某個小屋中被槍抵住頭的寶貝女兒。」說到這裡巴特勒暫停了一下，然後才問出一句：「妳明白了嗎？」，他在當中灌注了一個父母想像孩子有生命危險時的全部情緒。

他在說著這些話語的時候，眼神始終緊盯著柔伊，在暫停不說話的那整整八秒鐘內，**也片刻未曾將眼光移開**。這是充滿力量的一幕。要是醞釀氣氛的暫停不夠久，或是在這過程中眼神稍有閃爍，整個力量就沒辦法蓄積到最後。

就讓我們來試試看這種暫停的強大。想像你有一樣可以讓人脫胎換骨的建議想提供給別人。首先請你把建議的內容寫成言簡意賅的臺詞，例如，「學會風帆，你就能體驗到生命的全新刺激」。然後記錄你兩次不同的唸法：

1. 一邊講，一邊用眼睛掃視全場。

2. 一邊講，一邊將眼神接觸集中在室內一兩個固定的點上，假裝那是人（假設你是單獨練習的話）。例如，你可以把電燈開關或門把當成目光焦點來代表兩名聽眾。

在錄製第二種唸法時，我的建議做法是在說出「學會風帆」的時候盯著電燈開關，然後暫停，並趁著暫停的

時候把目光焦點轉移到門把上，然後再說出「你就能體驗到生命的全新刺激」。我會在講完刺激這兩個字之後再一次暫停，但不會移開目光。如果你還想繼續闡述你的建議，那就請你在上述的強力暫停之後再開口，並把眼神移動到第三個焦點上。

你可以套用同樣的做法到一系列發人深省的問題上，並產生卓越的效果。埃絲特‧沛瑞爾則是把這種做法運用在一場探討不忠的演講中。作為一名執業的心理治療師，她發現外遇者往往不見得是在「找尋另外一個人，而更是在找尋另外的自己」。

在她的演講中，埃絲特解釋外遇常常發生在近期某種重大的損失之後，例如有重要的親人過世，「因為這種損失會讓人心中產生疑問」。接下來在一個個說起這些疑問時，埃絲特會每次看著一個人，用眼神接觸把疑問說出來，然後暫停一下，維持眼神接觸在同一個人身上，然後再進展到下一個疑問和下一名聽眾：

• 我的人生就這樣了嗎？（暫停並進行眼神接觸，然後再看向下一名聽眾）

• 還有別的可能性嗎？（暫停並進行眼神接觸，然後看向下一名聽眾）

- 我還要再過 25 年這樣的日子嗎？（她的眼神接觸飄移了一下）

- 我還能再一次擁有那樣的感覺嗎？（暫停並帶著眼神接觸，然後看向下一個聽眾）

埃絲特認為，「或許就是這些疑問推著人跨過了那條不該跨過的線，或許某些外遇的本質是人在嘗試擊退鬱悶，是一種死亡的解藥。」她從世界各地的人口中聽到外遇讓他們感覺活著。她在此特別強調自己並不「支持」外遇，就像她也不支持癌症一樣。

身為她的現場聽眾，你能感受到她的存在感，還有她通過強力暫停所展現出的信仰和力量。太多人犯的一個毛病是在強調重點後的暫停不夠長，結果就是在無意間賠上了演講內容的力量和分量。

在暫停的過程中保持眼神接觸，放大和鞏固演講的力量。

個人魅力的殺手——坑坑巴巴和嗯嗯啊啊

何謂個人魅力，不同人有不同的看法，但研究顯示常見的魅力型講者有這幾個特點：充滿熱忱、外表迷人、有說服力、熱情、讓人信服，而且不無聊。這本書一直在幫助你打造的，就是在臺上充滿魅力的你，但不理想的演講表達方式會在短時間內侵蝕掉你好不容易創造出的美好人設。

想讓你的魅力一夕崩毀，最快的辦法就是說起話來坑坑巴巴——這些不必要的中斷是魅力的竊賊。口條不流暢會打斷演講應有的節奏，而講話不流暢的元凶包括用來填補空拍的嗯嗯啊啊、重複的詞語，還有話說到一半又重頭開始的句子。口條不流暢對講者的魅力絕對是扣分項——不順的狀況愈嚴重，你在臺上的魅力值就愈往下降。講話不順會讓人覺得你的訊息不夠清晰，會讓人降低對你所說內容的信心，而這都會削弱你身為講者的說服力。[57]

你覺得在從 1940 年到 1996 年之間的所有就職演說裡，新任美國總統一共出現多少次不順暢？在這 56 年當

中，新科美國總統一共講了 12 萬 5950 個單字，不順的字數是 0，也就是一次不順都沒有過。

很多講者都對自己的嗯嗯啊啊渾然不覺，也沒注意到「……之類的」或「有一點……」這些不準確的修飾語會讓人覺得他們也不是很確定自己講的東西。這種種會讓你產生破綻，讓聽眾無法專心的「聲音」，我們可以稱之為演講時的「墊檔物」。想抓出這些墊檔物，最好的辦法就是把你演講錄起來，然後數一數你在一分鐘內嗯嗯啊啊了多少次。

作為一個參照，百大講者每分鐘只稍微用過兩次。如果英文不是你的母語，那我有一個好消息可以告訴你：同樣是百大講者，英文是第二語言的人還不像英語母語者那麼多嗯嗯啊啊。

有心想減少這些墊檔用語言的話，你不見得要想著如何消滅這些反派——我是說那些墊檔用語，你可以試著創造某種幫手，例如，沉默。對多數人而言，創造更多暫停可以產生壓抑墊檔用語的效果。在進行這個實驗的時候，你可以嘗試暫停在書寫時有逗點或句點的地方。

用暫停代換掉說話時坑坑巴巴和嗯嗯啊啊的地方。

不確定感和句尾拉高的語調

很多人在陳述完一件事時，會拉高句尾的語調。你能想像我跟你說「我今天很榮幸能來到這裡」，然後最後讓語調上揚，讓它聽起來像個問句嗎？你肯定會在內心質疑我的誠意，畢竟句尾拉高尾音就是一種話中有話的意思，代表說話的人並不把這當成結論。總之只要你最後的語調上揚，別人就會覺得你不確定。[58]

研究顯示，當人做出不正確的陳述時，他們的語調有 64% 的機率會飄起來，至於答案正確時則只有 33% 的機率會這樣。[59] 所以聽眾把語調上揚連結到你對自己的內容沒信心，並沒有什麼不對。

句子收尾時的語調要持平或下降，這樣你的發言才容易被當真，聽眾對你才會比較有信心。

現學現賣

常有人問我，「有沒有什麼事情是最好的講者會做，而我們其他人不會的？」我的其中一個回答是，最好的講者會現學現賣不久前的某些發言或狀況，藉此讓聽眾

覺得他們很投入在現場。他們在講堂的臺上會這麼做，在企業的會議室裡也會這麼做，重點是他們不可能事前排練好這樣的即興發言。肯·羅賓森爵士（Sir Ken Robinson）在其作為 TED Talks 處女秀的《學校是創意的殺手嗎？》（Do Schools Kill Creativity?）中曾提及前一晚上臺的一名年輕音樂家講者。肯·羅賓遜森爵士說：「（然而）我們都同意，孩子們所擁有的驚人潛力——他們在創新上的潛能。我是說，賽琳娜（Sirena Huang，前一晚在演講中先表演了一段小提琴的 11 歲講者），她昨晚的表現真的讓人眼睛為之一亮，是吧？光是看到她那麼精彩的表演。她確實非常突出，但我覺得她，怎麼說呢，如果放在所有的小朋友當中，其實並不特別……我想說的是每一個孩子都有雄厚的潛力，是我們將之糟蹋掉了，相當粗暴地糟蹋掉了。」

我有個朋友在美國總統大選的黨內初選階段參加了一場市政廳會議，那是美國近年很常見的一種競選造勢大會。會議開始先有五位社區仕紳領袖致詞，然後其中一名初選候選人上臺開始對聚集在美國鄉間一座穀倉裡的群眾演講。在演講中，這名候選人多次提起當晚稍早五位社區領袖提到過的一些事情。在場民眾都為之深深

折服——事實上也不只是穀倉裡的群眾。全國民眾都將這一幕看在眼裡，後來他們也堅定地選擇了這名候選人成為美國總統。美國兩黨都有總統使出過這種技巧，我也都見證過，而大多數演講者都做不到。

實際上我們遇到的，多是與此相反的狀況。「一大早能看到大家這麼踴躍地準時出席，真的讓我十分驚喜，我想說大家昨晚肯定在市區玩得十分盡興，」一名主管在周六早上九點的蒙特婁一間酒店宴會廳裡，講出了這樣的開場白。他這話本身並沒有什麼問題，問題在他沒有「講」出這些內容，而是「唸」出了這些內容。這段評論原本是想要營造一種他身為局內人的觀察，但做出來的效果卻讓人感覺很不真誠。

另外一個主管就聰明多了。「今晚能跟大夥共聚一堂，真是太棒了。首先我們先花點時間感謝一下負責今晚餐點的大廚，戴瑞克。戴瑞克，你今年又突破自我了。我剛剛經過開胃菜桌時聽到蓋爾說，『我的天啊這是蝦球嗎？這根本是蝦做的棒球吧。我長這麼大沒看過擺盤美成這樣的海鮮總匯。』今晚有 400 名非常開心的好朋友聚在這裡，現場氣氛這麼好都是你的功勞，是你把我們餵得飽飽的，謝謝你。」

這段話裡提到蓋爾的部分不可能是唸稿，而是貨真價實的臨場發揮。這樣的神來一筆也增添了他講話的分量，讓聽的人覺得他真的很「狀況內」。

靠現學現賣來證明你的全程參與。同時這麼做也有助於你聽起來更口語，讓你更能把迴路閉合。

互動

✋贊成的人出個聲

如果講者中有所謂的名人堂，那最應該在當中有個位子的，肯定是激勵大師東尼‧羅賓斯。這傢伙是真有本事感動全場。他控場的能力如果號稱第二，百大講者裡恐怕沒人敢說第一。

「當你失敗的時候，大家會說你失敗在哪裡？他們會怎麼跟你說？」他在《我們為什麼做我們做的那些事情》（Why We Do What We Do）的演講中，問起了現場的 TED Talks 聽眾。這不是文字遊戲，而是一個認真的問題。他提供聽眾一個提示，「（他們會說）我們缺少了需要的⋯⋯」然後希望聽眾能把句子的後半部補完。我們聽到

現場此起彼落地說著知識、金錢、技術、經理人才。然後一個不留神，我們就聽到了一個東尼也沒想到的答案：「最高法院」。

羅賓斯笑著指著說這話的人，並同時意猶未盡地重複著「最高法院」。他跳下了講臺，帶著像斷線珍珠般的笑聲走向那個人，跟對方高高擊了個掌。答案揭曉，那個人是美國前副總統高爾。現場聽眾爆出如雷的歡呼，因為高爾這答案是在講 2000 年他因為最高法院一個判決而輸掉總統大位，而他的自嘲值得全場的掌聲。

羅賓斯回到舞臺上，等待全場安靜下來，然後才開始解釋起剛剛其他人的答案，都是在說他們失敗是因為缺少某種資源，但羅賓斯說我們會失敗不是因為沒有資源，而是因為不懂得在沒有資源的時候設法變通。他告訴高爾，要是他在當年競選時可以多一點情緒，不要老是那麼冷靜，他早就選贏了。現場又一次炸開了贊同的聲音，不少人高聲喊出了「沒錯！」

就在講者、現場聽眾和高爾之間的持續互動中，羅賓斯繼續闡述了情緒在決定我們成敗時所扮演的決定性角色，然後講著講著又對現場發問說：「你們知道我在講什麼嗎？知道的說『知道！』」此時聽眾熱情且異口同聲

地大聲回應：知道！羅賓斯用其帶動現場氣氛的能力，創造出了一個緊密、毫無斷點的迴路，看了讓人嘆為觀止。

你的臺下或許不會坐著一個美國前總統，你也不需要，沒有高爾我們一樣能創造出與聽眾的互動。這種互動能力在遠距視訊時尤其不可或缺，我們需要透過互動來維持與聽眾間的聯繫，即便只是簡單做個現場舉手的民意調查也行。「你服務的機構曾遭受過駭客入侵的朋友，請舉個手好嗎？」然後做一兩個快速的臨場觀察：「看來大概一半的人都有。而且看妳的表情，亞曼達，那恐怕不是什麼很愉快經驗吧……」

透過和聽眾的互動去拉近與他們的距離，把他們拉進現場的氣氛中，最後把迴路閉起來。

加入輕快的元素

心理學者尚恩・艾科爾是一名研究異數的異數。他是個好笑的學者。

艾科爾每分鐘的搞笑次數在百大講者中幾乎無人能敵──將近每分鐘兩次。略勝他一籌的只有瑪莉・羅曲（Mary Roach）那點到人笑穴的性高潮主題演講，一堆十

來歲的青少年被她逗得爆出「我不敢相信你給我聽這個」的呵呵笑聲。[60] 在《讓我們工作得更好的快樂祕訣》(The Happy Secret to Better Work)中，艾科爾讓人笑的次數幾乎是百大講者平均值的四倍，而這有一部分原因是他講話有夠快，所以笑料和內容都能塞得比別人多。

他覺得我們把成功和幸福的順序搞反了。2011 年 5 月的一個早上，艾科爾在印第安納州的布魯明頓對著一群聽眾，講述了他和新英格蘭一所高級住宿學校的高層所進行的對話。對方興高采烈地跟他分享了他們的年度健康週行程：「週一晚上我們會請來世界級的專家，談論青少年的憂鬱。週二晚上是校園暴力和霸凌。週三晚上是飲食失調。週四晚上是非法藥物濫用。然後週五晚上我們會從危險性行為或幸福中間二選一。」聽眾都笑了。

艾科爾還補了一刀說，「大部分人的週五晚也要這樣選。」這下子聽眾不只笑了，還鼓掌為他的幽默感喝采。他這一段表現可以說是一百分，不能再高了。

接著他做出了一個臨場的評論：「我很開心大家喜歡（我說的話），但那些學校高層可就不太開心了。電話裡一陣沉默。而我朝著那片沉默中說了，『我很樂於去你們的學校演講，問題是你們那個不叫健康週，應該叫病態

週吧。你們把所有可能發生的壞事都列出來了,正面的事情卻一樣都沒提。』」

作為一名正向心理學家,他解釋了為什麼我們的思想是有缺陷的。一旦你工作得更努力,你就以為你會更成功、更快樂。但每次你達到了某個工作上的里程碑,你的大腦就會自動把成功的目標往前挪。如果幸福永遠在移動性目標的另一頭,那你的幸福就永遠不會到手。

他主張我們要把順序調換一下。改以正向的腦部狀態為起點,你的表現會遠勝過你帶著負面、中性的態度,或在有壓力的狀態下去工作。他用上了數據資料來佐證在正向的心態下,你的不論才智、創意或幹勁都能有所提升。同時他還利用幽默感在當下保持聽眾的心情愉悅,保持著迴路沒有斷點。無怪乎他的演講能發揮如此大的影響力,他的演講是各種強大元素的融合。

客戶常問起我關於幽默這項元素在演講中的重要性。我會說這東西是很棒的選修,但還不至於是偉大講者的必修。幽默感可以很好地把聽眾的注意力瞬間拉回來,並保持你的演講迴路閉合。研究顯示教師的幽默感可以讓學生上課專心,但不能提升他們的成績。[61] 如果你考慮把幽默這項元素加進你的演說,我有三個問題可供

你先自我摸索：

1. **你好笑嗎？**你每次說笑的下場是冷場、哀號，還是真的有人笑？如果你的答案是前兩種，那就代表你的幽默感還不能上大聯盟。

2. **幽默適合本次的聽眾嗎？**我們一定都看過講者把在酒吧或更衣室裡聽起來很好笑的笑話拿到大庭廣眾或會議室裡分享，但這麼做不一定得體。

3. **幽默適合當天的主題嗎？**如果你要講的是嬰兒營養不良的問題，那你當天顯然對笑話就要克制一點。若你要談的是教育體系為何沒能開發出孩子的潛能，那你說笑的尺度或許可以稍微大一點。肯・羅賓森爵士就在他令人捧腹的 TED Talks 中做了經典的示範。

如果以上三個問題，你都沒辦法很篤定地回答「是」，那你可能就要考慮別搬石頭砸自己的腳。你要說笑話了，全場都會知道，你笑話說得不好，全場也都會一起看到。而想扼殺聽眾對你的信心，最快的辦法就是講個讓人笑不出來的笑話。

單純想要讓現場氣氛輕鬆一點，你就不會拘泥於有

沒有把聽眾逗笑。氣氛的轉換也是你工具箱裡應該要有的東西，你可以用它去保持演講迴路緊閉。

不用擔心聽眾笑不笑，讓氣氛變輕鬆就好。

✋ 短處的大用

想拉近你和聽眾的距離，最快的辦法莫過於自嘲。在聽眾面前談到存在感時，我常開玩笑說自己是個矮子，所以面對觀眾需要無所不用其極——但我不需要矮子樂，謝謝。這種坦承不諱的自嘲，可以創造出共鳴，進而讓聽眾感覺你很好親近。

作家伊莎貝·阿言德（Isabel Allende）在《熱情的故事》(Tales of Passion) 演講中就把這一招用得很好，當時她對 TED Talks 的聽眾說，「且容我跟你們分享我爆紅的四分鐘。奧運主辦方，我是說開幕式的一個負責單位打電話給我，他們說我被選為掌旗官之一。我回答說你們肯定是弄錯人了，因為無法形容我跟運動員三個字的差距有多遠。事實上我連自己能不能不靠助行器走體育場一圈，都不是很確定。」這麼有自知之明的她，叫你如何能不多喜歡她一點。

在演講的鋪陳階段，丹‧品克分享他的一些教育背景：「我上過法學院，但念得不是很好，委婉一點的說法是這樣，事實上我們班畢業的時候，九成的人分數都比我高。我這輩子一天都沒有執業過，雖然沒有明說，但他們應該是很不樂見我這麼做。」品克不吝於拿自己的爛成績開玩笑，讓我們看到了自嘲真的是讓現場氣氛不要死氣沉沉的絕招。

輕鬆看待你的短處──只是不要影響到你的可信度。

✋我們在威斯康辛的（那位）聽眾

由傑森‧貝特曼（Jason Bateman）、威爾‧阿奈特（Will Arnett）和肖恩‧海斯（Sean Hayes）三名好友合作的 Podcast 節目能夠一飛沖天，靠得是明星魅力、風趣拌嘴和態度謙遜的三合一。這個節目用「不聰明」（SmartLess）的低調名稱壓低了聽眾的期待值，但其實他們的主持人和來賓們都是能代表時代精神的大人物。

「給我們在威斯康辛的（那位）聽眾，當威爾說到『Arrested』的時候，他指的不是『被逮捕』，而是指他參與演出的舞臺劇《發展受阻》(*Arrested Development*)，」

肖恩可能會這樣說。他們幾乎沒有一集不會提到他們在威斯康辛的那位特定聽眾，也就是肖恩住在那裡的姊姊，好像這群蠢蛋主持著這個全球排名前十的網路廣播節目，但一次就只能服務 Podcast 國的一雙耳朵而已。[62] 他們就是靠著這一招維繫節目的親民感。

夠聰明的話，就用謙遜去換得親切感和輕鬆感。

✋ 把刻板印象拿來玩

「現在各位聽我講了這些，我知道你們一定在想：她有法國口音，她一定支持外遇，」埃絲特・沛瑞爾在以不忠為題的演講尾聲這麼說。「要是各位真這麼想，你們就錯了，我才不是法國人。」等聽眾笑完也鼓完掌，她才補了一句說，「當然我也不支持外遇。」

她能這樣拐到聽眾，自然是因為法國外遇歷史的刻板印象，包括過去總統公開的婚外情。[63] 至於被拐的聽眾會笑，是因為他們被嚇了一跳：沛瑞爾有法國口音但並不是法國人——她是比利時人。而且由於她只是想讓現場輕鬆一點而不是認真在講脫口秀，所以就算觀眾沒笑她也仍算成功。

真的要拿刻板印象開玩笑的話，最好你本身能夠是刻板印象中的一員，還有就是萬萬不要過分刻薄。

拿無害的刻板印象來發揮。

✋ 問題的癥結

在以工作與生活的平衡為題進行了七年的研究後，奈吉·馬許（Nigel Marsh）在《怎麼達到工作與生活平衡》（How to Make Work-Life Balance Work）的 TED Talks 中分享了簡要的結論：「社會上有成千上萬的人過著壓抑的生活，發出絕望但無聲的怒吼，只因為他們得長時間做著自己討厭的工作，但不這麼做，他們就買不了自己不需要的東西，也沒辦法讓自己根本不喜歡的人看得起自己。」聽到他這麼說，聽眾都笑了，因為他這個笑著笑著就讓人想哭的觀察，是一個悲哀的事實。等大家笑完，也鼓掌完，奈吉才又繼續往下講，「我想說的是，能在週五穿 T 恤和牛仔褲上班，不是這個問題的癥結所在。」這話說得太好了。臺下的笑聲只是錦上添花，一個人都不笑也完全無損於他的演講。因為就跟埃絲特·沛瑞爾一樣，他是要讓氣氛輕鬆，不是在講脫口秀。

在冰冷和嚴肅的事實中找到輕鬆的一面。

✋ 一個有點祕密（但又不是很祕密）的爆料

像在跟人聊天的題外話是讓演講氣氛輕鬆點的好辦法。各位知道我偶爾會在演講中引用別人的話，而有時候我會在這當中添加一點口語的題外話來保持迴路閉合。例如，在講到如何縮小牆壁的時候，我可能會提及法國哲學家伏爾泰所說「想把人無聊死的祕密」——忘記的可以翻回去看——然後小小聲跟靠近我的聽眾說，「順便說一下，我從來沒有讀過伏爾泰的作品，我也不想假裝我有，我只是覺得這句話很棒！」我知道麥克風會收到我的這段悄悄話，而我也正是希望全場都能聽到，並在聽到之後更專注一點。我的這點心思通常都能如願。

這些題外話、悄悄話什麼的，最好都能事前準備好，並且你要能在讓現場感覺你知道自己在幹嘛的狀況下，把這些有稿的東西弄得像脫稿演出，它們的效果才能發揮出來。

在演講裡準備一些「劇中劇」供全場的人偷聽。

> **❝**
> 我只是在準備我的即席發言。
>
> 據傳出自溫斯頓・邱吉爾爵士
> **❞**

錨定你的雙腿

你可能會很樂於把走位融入到你的演講中，因為你可能看過很多厲害的講者在會議上或在你崇拜的地方走來走去，把舞臺的每一角都利用得淋漓盡致。但我的建議是，先不要。若論有限的注意力和體力，在舞臺上的移動並不是你身為講者一個很好的「投資對象」——這麼做的收穫有限，但禍害無窮。比起移動位置，你不如把注意力和體力投注在本章介紹過各種讓迴路閉合的技巧上（眼神接觸、使用像在對話的口氣、在演講中注入生氣、適時暫停），CP 值還比較高。

等你把這些高報酬的習慣都確實掌握住了，再來整合一些刻意為之的走位到演講中也不遲。所以在那之前，請你不要在臺上走來走去。當然就像人生中的很多事情

一樣，這一點也是說起來容易做起來難。肯‧羅賓森爵士因為患有小兒麻痺所以走路稍微不方便，但固守舞臺一隅一點也無損於他非比尋常的控場能力。

很多人都會經由冗贅的動作發洩他們的能量而不自知。你可以想像自己體內有一枚巨大的彈簧。當你處於壓力下，這枚彈簧就會被綁住而受到壓縮。這種狀態下的彈簧會想要釋放壓力，而最常成為這股內在能量出口的地方，就是你的腳——很多人會不停地換腳來改變重心，會在聽眾的眼前飄來飄去，會好像動物園裡的老虎一樣在狹小的鐵籠裡踱來踱去。這些人往往不會意識到自己這些無謂且無效的動作，因為這些動作都是下意識地發生。

試著克服這種想要動的衝動，在舞臺上的某個地方下錨站定。站定這件事情只要你專心去做，其實沒有什麼難的。但要是你得在同時間回想稿子、講出內容、還得顧及眼神接觸、生動的手勢、穩健的臺風，那你的腳就會忍不住蠢蠢欲動，你剛下好的錨就會鬆動。而只要你一開始從下錨處飄走，你的存在感就會有所折損。

要訓練自己留在原地，你可以嘗試準備一張掛圖紙或錫箔紙，然後往上頭一站，這樣只要你的重心一飄，

掛圖紙或錫箔紙就會即時給你聽得見的回饋。只有你的身體穩穩地不動，腳下的紙或錫箔才不會大聲抗議，而那也正是你的目標。你可以嘗試讓兩腳打開比肩膀稍寬，那樣你即便想換腳也不容易。別還坐在那兒了，快站起來去試看看。

> **我光看一個人站著的樣子，就知道他演奏得好不好。**
> 據傳出自邁爾士·戴維斯（Miles Davis），爵士音樂家，小號手

「喔，但是我喜歡站在講臺後面，因為那有個臺子能幫助我站穩，」我常聽到這種說法。但除非你是去法院開庭，或是要以總統身分發表國情諮文，否則我還是建議你不要依賴這個「輔助輪」，那只會在你和聽眾之間形成一個物理性的隔閡而已。雖說少了這個輔助輪會讓你沒有安全感，但那真的只會阻礙你與臺下建立連結。

移開講臺的另外一個好處，是你照著筆記唸稿的機率會降低。當會議主辦方說他們希望辦一場 TED talks 風格的活動時，他們要的是 TED Talks 著名的那種內容和

風格：深入的見解、故事性強的內容，而且沒有講臺的干擾。

等你站定位置，確立了存在感後，下一步就可以試著維持 30 秒不移動，特別是在演講的一開始。等你建立起肌肉記憶，掌握了這種高報酬的好習慣之後，我們就可以慢慢去融合一些腳部的移動到演講裡。

一開始不要有大動作，稍微動動腳，讓你的存在變得更加強烈，並同時針對講堂內某個不同的區塊強化你的眼神接觸。以固定的間隔重複這樣的過程。研究證明了一點，當你以身體正對著你在演講的對象時，你就能對他們傳達出一種更正面的態度。[64] 如果是在會議室裡坐著講，那你也可以旋轉椅子來達到這個目的。

再來，你可以嘗試加入一些刻意的動作。為了指出特定的關鍵字或影像，你可以走到螢幕旁（但在指的時候不要說話），然後再重新回到舞臺前（或把椅子滑回會議桌前）闡述重點。當然啦，你也可以在螢幕邊順便講一兩點，但就是不要長時間停在那裡。

你還可以透過位置的改變去切分視野。你可以站在舞臺的一邊分析使用 Python 程式語言的好處，然後再走幾步到舞臺另一邊分享 Python 的壞處。當在一個很大的

舞臺上，你也可以移動腳步輪流照顧不同區塊的聽眾。但不變的原則都是先站定再好好講，站好講才有氣場。

　　遇到有重要的訊息或情緒要分享的時候，試著先拉近與聽眾的距離，再把東西丟出去。研究顯示，採取近距離的溝通者會被認為更具說服力，也更具主導性。[65] 錨定你的雙腳來穩定你的重點輸出能力。

　　把目標設定在全場至少有 90% 的時間是站定的。想像你人站在 TED Talks 的圓形地毯上，然後你不能踏出去——這樣你就能盡量克制住自己想要飄來飄去的動機。飄來飄去，只會讓你彷彿是浴缸裡那個不被愛的玩具。

　　演講時先以站定為主。等你真的把其他能讓迴路閉合的好習慣都搞定之後，再來加點刻意為之的走位也絕對不遲。

第六章

善用問題

四個字毀了一場競選

英國《衛報》(*The Guardian*)形容那是「美國近代政壇上最恥辱的一場辯論表現」。[66] 那天是 2011 年 11 月 9 日，德州州長瑞克‧裴利（Rick Perry）在共和黨總統初選的全國性辯論會中，開始回答起一個提問。

「等我當選，我要砍掉三個政府部門：商務、教育，還有嗯，第三個是什麼來著？我想想喔……」說到這，州長開始拖起時間。在選戰初期，他原本民調領先，而且支持度高達 30%。[67] 就在答案離他愈來愈遠的同時，裴利仍先設法維持住他還算上相的電視螢幕形象，至少一開始是這樣，而那主要是靠他宛若芭比娃娃男友肯尼的完美棕髮、他的黑色西裝、他經過完美上漿的挺拔襯衫，還有他那為政治家制服畫龍點睛的紅色領帶。

他風趣地與其他候選人開起了玩笑，即便對手丟來一堆來亂的答案，像是「環保署？」就把他跟所有人都逗笑了。只是這些笑聲很快就變得愈來愈尷尬，因為眾人意識到這原本的一點小差錯，很快就會惡化成大型的翻車現場。

「真的假的？你連自己要砍的第三個政府部門都說不

出來？」主持人緊抓著原本希望能就這樣混過去的裴利不放。

「我要裁撤的第三個政府部門是，嗯，這個，嗯，商業，嗯我看看喔……」他暫停了一下並往後縮回下巴，就好像是下巴擋住了他，讓他看不見自己的筆記一樣。他把筆記翻來翻去，希望答案可以在緊要關頭現蹤。但不論他怎麼翻，都找不到答案的下落。「我看看喔……我沒辦法。第三個部門，我沒辦法。抱歉，」他一邊說一邊頻頻往側邊點頭，像是想把耳朵進的水倒出來。最後他有點裝可愛地面向右手邊的候選人，說了聲，「真是糗呀。」

裴利的辯論表現讓他的競選活動瞬間一蹶不振——原本他可是能讓同屬共和黨的米特・羅姆尼（Mitt Romney）和赫爾曼・凱恩（Herman Cain）吃足苦頭的。前一分鐘他還是志在白宮大位的政壇明星，但就在「真是糗呀」這四個字之後，他就淪落到只能去上實境秀《與星共舞》(*Dancing with the Stars*)。

要說問答階段的水非常深，對賭上政治生命的裴利而言絕對不是誇大。而對我們一般人來說，後果通常不會那麼嚴重。事實上。問答階段可以是你的好朋友，你

可以利用這個機會發光發熱，這包括你可以妙問妙答、展現專業、並且培養聽眾對你的信心。

股神巴菲特曾明確要求聽眾在問答階段盡量尖銳一點，他的說法是「我喜歡直球對決」。來的球再猛烈，把棒球看得像壘球一樣的他也能一棒把球轟出場。12 年前他曾在回答問題時提到日本利率，而且還一口氣就講到小數點後的第三位，我只能說股神就是股神。

> "
>
> 電腦一點用也沒有，它們除了答案什麼也給不了你。
>
> 畢卡索（Pablo Picasso）
>
> "

答，還是不答

通常，我們都可以自行控制問答階段的時間長度，而以下就是一些你可以用來決定這一點的大原則。

一般而言，聽眾愈多，問答的作用就愈小。許多想比較多的聽眾會不太想在大庭廣眾下發問；這類聽眾很

努力在經營自己的知性，他們生怕一個不小心說出不得體的東西。至於剩下的，則不外乎譁眾取寵想出風頭的，講話浮誇內容空洞的，或是別有用心和企圖的。你跟這些人互動不出什麼優質的問答。我見過 CNN 印度裔主播法理德‧札卡利亞（Fareed Zakaria）對上千名專業人士發表演說，講得非常好，直到他開始接受發問。我必須事後諸葛地說，他把問答時間拿去多講一點演講主題才不會浪費大家的生命，因為那些問題根本無法讓他施展。

如果你有把握可以用演說把事情交代清楚，而且你能預見開放發問存在一定的風險，那問答時間不排也罷。尤其如果演講主題對你也是一個新領域，所以你擔心有些問題你沒有答案的話，那更是別挖洞給自己跳。你想把哪些話傳達出去，可以透過準備操之在己，但會丟來哪些問題，你是控制不了的，所以你不如別去捅這個馬蜂窩。

反過來說，如果問答時間確實有助於你達成演講的目的，那該拚就拚。如果你想推廣或提倡一個具有爭議性的立場，為此你需要爭取臺下聽眾的支持，那麼不讓人有機會發言或提出挑戰反而不利於你的目的。大大方方讓臺下問，這樣你就有機會營造出一種親民、與全場共鳴的氣氛，讓你與聽眾之間進行火花四射的意見交換。

謀定而後動，是否開放問答要看划不划得來。

當風險管理遇上尖銳的問題

被問到尖銳問題的可能性讓很多講者膽戰心驚。當然，我們不可能消除這種可能性，但我們可以在問答階段前降低這些問題跳出來的機率。

請確保你的演講內容符合三個特質：切題、清晰、有說服力。做不到這三樣，聽眾就可能會因為不耐煩而蠢蠢欲動，並加重提問的力道。換句話說，請你照著程序走：縮小牆壁、建立箭囊、打造強力訊息。哪一樣都不可少。

用你的話去建立聽眾對你的信心。欠佳的演說呈現會導致不確定感增加，這麼一來聽眾就有可能想挑戰你、測試你。不要讓圍繞在你身邊的鯊魚嗅到血。把迴路閉合。

事先想好你可能會被問到什麼問題，準備好答案。你不會做白工，因為即便你沒被問到那些問題，做了準備也會讓你在走進會場時更有自信，而那樣的氣場，聽眾是看得出來的。有時候你可以去民調一下那些聽眾的朋友或跟聽眾有類似背景的人，問他們：「關於這個主題，你可以問我什麼很難回答的問題？」

我們從太空人兼百大講者克里斯‧哈德菲爾德（Chris
Hadfield）那裡瞭解到太空總署深知預測並演練災難場面的
重要性。[68] 這類演習曾幫助過在太空漫步的克里斯保持冷
靜，不因什麼都看不到而驚慌。事發當時他眼睛充滿某
種物質，多到他有幾分鐘眼前一片黑暗。所幸靠著沉著、
耐性和很能眨的眼皮，他讓視野恢復了清澈，並完成了
任務。他事後發現是頭盔中的一些防起霧物質跑進了他
的眼睛。那之後太空總署已經改用「不掉淚配方」的物質
來清理頭盔面罩。

**按標準作業程序來準備演講，藉此降低問答階段的風
險，並透過平日的演習來在「眼睛危機」中處變不驚。**

問答時的穩健臺風

進入到問答階段後，有幾樣策略可以幫助你表現耀
眼，首先是要把問題聽到最後。一名年輕訴訟律師在英
國金斯頓一家公司的異地會議上對醫療法規群組的同儕
簡報完後，接受了發問，但他還沒把第一個問題聽完，
就點著頭從發問者的面前掉頭走開，一副「我知道你想
講什麼，我已經有答案了」的模樣。這樣的他給人一種既

傲慢又無禮的印象。相反地，老練的政客大都很善於把問題全部聽完才表示他們準備好回答了，即便那可能是個他們經常被問起的問題。人，想要被人傾聽。

你要去思考，對方表面上的問題是不是底下藏著一個真正的疑慮——他們嘴巴上在問關稅，但他們心裡是不是想知道你在自由市場問題上的立場？

聽完問題後，給自己一點空間思考。你可能以為自己在臺上不能耽擱太久在想問題，但其實還好。只要你沒有看起來一副很不安的樣子，在開口前從容一點是沒有問題的。思考的時候不要在舞臺上往回走或看著天空說「嗯……」。表現出沉穩的模樣：站好，保持眼神接觸或看著筆記——即便筆記裡沒有答案——不用刻意去打破你開口前的寂靜。

若是問題不清楚，就請對方換句話說。或是你自己換句話說，然後請發問者確認那是不是他們想問的問題。這顯示你有在聽他們說話，而且盡可能搞懂他們的意思。

你可以考慮給出較具結構性的答案，例如，「我這邊想到幾點回應你：首先（暫停），如何如何……第二（暫停），如何如何……」你可以視狀況再加上第三點。這種做法可以創造出隱藏的暫停，變相為你爭取思考的時

間。同時這也有助於你講出更清晰、簡要和有說服力的內容，而這三點都能讓你在聽眾心目中更有可信度。除非你百分百確定自己記得住，否則不要輕易設定自己的答案會有「幾點」，因為那只是為自己套上一個枷鎖般的框架。裴利州長錯就在錯在他一開始就說出了「三」這個數字。其實他大可以說「我當選後可能會裁撤掉幾個部門：首先是商務……」，然後在發現自己想不起第三個的時候終止這段回答，那樣的話，他就不會終結掉自己的競選活動了。

把問題完整聽完，透過暫停和重述去爭取思考的時間，盡可能提供具有結構性的答案。

呃，我不知道耶

問答會讓人焦慮的其中一個原因是害怕答不上來。對此我們有若干種策略可以處變不驚，並在一時沒有想法時先擠出一個回應。

有些狀況下，你可以反問：「你要不要先說說看你為什麼想問這個問題，這樣我會比較知道從哪個角度切入。」而當對方在闡述時，你就有機會在腦中搜索對方想

知道的資訊。

　　另外一招是四兩撥千金，把問題的矛頭導向在場的其他人。我知道這一招常出現在矽谷某大型科技公司的每週全員大會上，執行長會一邊接受提問，一邊把問題轉給出席的其他主管。真要這麼做，請先給被你選中的人幾秒鐘準備，例如，「我要把麥克風轉給克里斯來回答。但在我這麼做之前，我想說的是……」這樣就能幫你的替死鬼爭取一點反應時間。

　　有時候你可以打太極，把問題推回給臺下的聽眾：「集思廣益這四個字完全可以用在這裡，因為我們今天在場的各位都有很多經驗。你們有哪一位遇到過、處理過這種狀況嗎？有沒有誰想分享一下我們應該或不應該怎麼做？」我有一名客戶就曾主講過一個他也是第一次接觸的題目，所以他就用出了這一招。這麼做的好處是你可以暫時化身為主持人，讓其他人來分攤回答的責任，並趁大家發表意見時趕緊動腦思考。如果你原本就有一兩個口袋意見，那你可以說，「我是有些想法，但我想先聽聽看大家的看法，你們是不是也有過相關的成功或失敗經驗可以分享。」如果你稱得上專家但要回答的問題太過籠統，那你可以先提出說你需要特定案例才方便說明，

然後再講述一下通用的大原則是怎樣。例如，你可以說，
「我需要你提供更多的細節，但有些通用的判斷準則我先
分享一下。」

　　還有一種也很常見的辦法是認輸，就說你不知道。
畢竟不知道也不會死，不用看得太嚴重。你可以主動表
示會去研究看看再跟大家說。如果這之前你已經照前面
建議的請他們補充說明有此一問的緣由，那你就不至於
完全處於被動，而他們的回覆也應該能讓你有更多線索
去進行更好的研究，最終提供更好的答覆。2008 年 5 月，
還在競選總統的歐巴馬參議員被問到華盛頓州漢福德核
廢料儲放場的清理問題。漢福德正是當年科學家進駐製
造二戰原子彈的處所，而外界想知道他對如今的清理問
題抱持什麼立場。

　　「我必須說從政治人物的口中，你們可能很少聽到下
面這樣的話，但我真的對漢福德廢料場不熟，我不知道
那裡發生什麼事情，」歐巴馬說著並冷靜地走向了提問的
人。「但話又說回來，我答應你我會在從這裡到機場的路
上把這個問題搞清楚。」[69]

　　歐巴馬的這種逃生艙，你也可以擁有。我一名老客
戶泰芮給過一些後輩上臺演講前的建議，「演講中鮮少有

不能挽回的事情。我不只一次說過,『你知道,我重新思考了我稍早的說法,而我意識到那並不是思慮最周全的回覆。現在我覺得更具建設性的說法應該是……』」。

　　遇到被難倒的時候,你可以把問題導向其他人,可以給出比較四平八穩的通用答案,也可以虛心表示你有所不足,會去做完功課後再跟大家報告。

遇到來砸場的,如何解除武裝或拆除引信

　　你講的演講愈多,遇到會讓你血壓上升的棘手情況也會愈多。這時候口袋裡準備幾招能幫你盡速逢凶化吉,就非常重要了。

　　遇到想來出風頭的,你可以考慮在演講一開始就預防性地恭維他們幾句,歡迎他們大駕光臨。這種肯定可能會降低他們想要裝模作樣的誘因。我在兩場不同的演講中見過聽眾裡有同一位退休法官。在第一場演講中,這名前法官在問答時間滔滔不絕了好幾分鐘,都沒有把問題問出來。在第二場當中,講者則打好了預防針。他搶先介紹了臺下的退休法官,推崇他的實務經驗豐富,

然後還補了一碗迷湯說,「所以法官,我等一下可能要借重您的長才幫我分攤一些問題喔。」法官點了點頭,就像是個剛從老師手上領到滿分考卷的優等生。最後他在問答階段乖得跟什麼一樣,一個字都沒有說。

你還可以準備好某種輕鬆的評語,隨時用來四兩撥千金地化解某人長篇大論的挑釁。例如,你可以說:「你和我今晚可以約在酒吧一決勝負。但此時此刻我們還是先讓其他人也有機會參與討論,好嗎?」這麼說完你也不用等對方答應,可以逕自轉頭看向講堂的其他區塊,徵求其他的問題。

表現出你聽到了的樣子。跟我們大多數人一樣,草包和酸民都還是希望得到公眾的認可。所以就算內心不認同他們,你還是可以讓他們知道你聽到他們的發言:「聽起來你是真心相信(插入某種觀點),而我也明白你這麼想是因為(插入他們的部分發言)。我懂。但我想今天現場應該還有別的意見,就讓我們也聽聽他們的觀點……」或是,「你說的我知道了,但或許我們也可以換一個角度去看……」。

要讓來找碴的發問者降降火氣,你可以試著從他們的主觀詮釋和評價中抽取出事實,然後根據這些事實來

就事論事，例如，「按照你的說法，那個人開會遲到了五分鐘，而你覺得這代表他做事沒條理而且不夠尊重人。我這樣理解沒錯吧？」試著先討論事實並取得一定共識，然後再去討論對方對於這些事實的主觀詮釋。事實一旦獲得釐清，你就可以追問他們考不考慮不同的解讀。很多時候，最後確認一下你有沒有回答到他們的問題，都會是一種比較保險的做法。

將客觀事實和主觀詮釋區分開來，以便促成具有建設性但又不失禮數的交流。

必須有所節制使用的招數

你可以零星地提到，「那是個很好的問題。」這可以讓你有多一拍的思考時間。但要是你每次回答都這麼說，就會有點不真誠，爭取時間的意圖也會被人看破手腳。事實上也不可能每個問題都是好問題，所以你也不用為了講而講。

同樣地，你也不應該每回都把問題重複一遍，除非你確定有部分聽眾沒聽清楚。偶爾你可以重複問題來鋪陳，藉此加重回答的力度。活躍於喬治亞州政壇的史黛

西‧艾布拉姆斯（Stacey Abrams）就在一場市政廳會議上這麼做過，而且效果很好。當時她是被問到公部門對大型科技公司的管制問題。「你們現在問我的是，『我認不認為我們應該建立一套監管系統來對應美國整體新經濟的演進？』我的答案是，是，我確實這麼認為。」在聽眾鼓完掌後——別忘了這裡可是高科技重鎮的西雅圖——她才把答案的後半部說完。[70]

最後，如果你不顧他們真正問出的問題而在那裡講述自己想講的東西，也就是答非所問的話，那就是陷自己於險地了。無論如何，都請你針對聽眾提出的問題好好回答，行有餘力再去延伸到一些相關且重要的內容，但就是千萬不要無視原本的提問。

不輕易重複問題，除非是有複雜或不明確的問題需要確認，或是你認為在場的其他人沒聽清楚問題。

如果至此你對「問題」還有問題，那你說不定會有興趣多做點功課，研究一下所謂的「媒體訓練」，那當中會教導你用各種策略，包括用假的前提或假的選項去應付問題（提示：不要重複或同意那些前提）。如果是大部分不涉及媒體的場合，這一章裡的各種辦法絕對夠大部分

人處理大部分的問答。

如果你對自己的領域夠專精，那問答時間絕對就是你發光發熱的時候。如果要錦上添花，那就是在事前再準備一下你可能會被刁難的地方，如此一來即便你準備的難題沒有被問出來，你在人前也能更顯得自信坦然。

第七章

信心的加乘

Compound

Your

Confidence

　　一家大型化妝品公司的負責人說過，「我們賣的不是化妝品，我們賣的是希望。」按照這個脈絡，我們這本書賣的也不是簡報訓練，而是信心。在某個點上，你會對演講感到焦慮，不論那是和同事開的週會，還是年度的大會，為此你必須先建立自信。

緊張的主播

　　「十天後我就要在卡加利（Calgary）向一群 800 人的聽眾演講，我好緊張。」這是我得到的一個簡單到不能再簡單的說明。演講讓人緊張不稀奇，但這個人會緊張倒有點稀奇。布魯斯・塞勒里（Bruce Sellery）是一名剛從紐約回到加拿大的新聞記者，而他在紐約是名有多年經驗的商業新聞節目主播，每天都得對廣大的電視觀眾講話。事實上他才剛在某商會組織上發表過演說，且臺下聽眾還寫信盛讚他的表現。

　　如果一名久經實務磨練且聰明風趣的記者兼備受肯定的講者都會在上臺前緊張，那我們其他人當然可以緊張。演講前的焦慮是最常被點到名的社交恐懼，而且不論是在講臺上、在會議上還是在課堂上發言，都一樣讓

人焦慮不已。[71]

在一次內容策略的討論過後，我開口問起，「你現在感覺如何？」對此塞勒里說，「我很好。我需要微調幾樣東西，在飛機上弄就可以。但整體很好，緊張感都沒了。」只要搞定內容，他演講的自信就來了。

那麼就讓我們來看看有哪些老少咸宜的策略可以用來管理焦慮，讓你不論是像塞勒里那樣的專業講者，還是另有專業的業餘講者，都可以因此受益。

彩排的報酬率

四大會計師事務所其中一所的財務部門做了一項分析，來釐清他們該如何提升推銷新業務時的成功率。結果出來他們最該優先去做的，就是進行團體彩排。這很說得通。這是一種具有強迫性的作業：為了彩排，同仁們就不得不做好功課。彩排就像試金石，誰準備好了誰又沒有一看便知。聰明的人就會督促自身和所屬的團隊提前準備，而不是奢望第一次上臺簡報就有如神助地大獲成功。

不，你即興演出絕對得不到更好的結果。就算你覺

得自己表現得不錯，但其實你要麼是自我感覺良好，要麼是自欺欺人，再不然就真的是運氣好到萬中無一的天選之人。

「我討厭彩排，但我知道彩排有助於正式來時的表現，」我的一名客戶說。「那就跟吃菠菜一樣，菠菜不好吃但可以讓人強壯。把時間拿去彩排，比拿去做花俏的投影片值得多了。」您說的是，大力水手卜派。

專業和業餘的一大差別就在於專業人員會彩排，業餘人士不會，這一點是橫跨體育、音樂和商業界都適用的道理。去 Netflix 找紀錄片《女神卡卡》(*Gaga: Five Foot Two*) 來欣賞，你就會知道 Lady Gaga 彩排得有多瘋狂，而她還是個已經封神的巨星。

這裡有九個準備步驟可以讓你撼動全場：

1. **有稿子的話，就把稿子當作起點。**坐著把稿子大聲唸出來。大聲唸稿比在腦子裡想像效果要強五倍。

2. **加粗金句，也就是那些能當作是提示的關鍵用語。**練習只靠金句當提示把整場演講講完。給自己用跟稿子不同的說法去表達相同概念的彈性，因為這能讓你與現場的氣氛同步，也讓你說出來的話更口語。這個步驟你可以坐著完成。

3. **重複步驟 2，這一回站著說。**

4. **再重複一次，但這次得要求你的整體呈現**：暫停一下，參考筆記；練習眼神接觸，並在每一名聽眾身上停留三到五秒；用手勢來切分不同的重點。

5. **從信賴的朋友或同事那裡取得有建設性的反饋。**這樣可以避免你當局者迷，並有助於你建立自信。建設性的反饋已經證明比純粹正向的回饋更有用，尤其是當反饋集中在你最需要改善的區塊上時。[72]請親友給予你可以採取行動的具體建議，這樣不但你的簡報會進步，你各種胡思亂想的自我懷疑也可以獲得控制。

6. **把彩排或預演記錄下來。**這將有助於你親眼看到別人口中描述的狀況。就算你理性上能理解旁人的反饋，影片還是能讓你更切身地知道自己哪裡錯了。有些人或許不太愛看影片裡的自己——這種人占大多數——但其實等待著你的可能不是驚嚇而是驚喜：不少人在看過自己的基本表現後會說，「沒有我想像中糟嘛。」甚至在後續影片中看到自己的小小進步造成多大的差別後，他們會非常滿意，並因此增加了不少自信。

7. **可以的話，在現場彩排看看，並把你會用到的所有器材都搬過去**：麥克風、燈光、投影片、和大螢幕同

步的監看器，還有投影片的遙控器。摸熟設備的基本操作模式可以激發你的信心。也不知道為什麼，設備在每場演講前都得壞一遍，所以你最好把故障在彩排階段就通通排除掉，這比在演講當天才解決好一萬倍。對視聽設備團隊客氣一點，有需要調整的地方不要不好意思麻煩他們。例如，監看器的位置和你的筆記在畫面上出現的格式若不合你意，該提就要提。

8. **演講當天早點到，提早確認音效，並把大小環節都檢查一遍**。喝點室溫或溫的開水，冰水會讓你的聲帶收縮。喔對了，請練習操作麥克風的靜音功能——並且在進洗手間前要再三確認靜音已開啟，免得讓自己變成美國情境喜劇《超級製作人》(*30 Rock*)裡的亞歷‧鮑德溫（Alec Baldwin）。[73]

9. **開場白和結尾的排練比演說核心內容的練習更重要**。因為很有可能你會比較熟中間的主要內容，反倒是演講的一開始容易緊張。練習頭尾會讓你開始時先成功一半，收尾時再收得精彩。

務必彩排，彩排會讓你更厲害。

"
好險，還好堅持是天分的絕佳替代品。

史提夫‧馬丁（Steve Martin），好萊塢喜劇男星

"

透明是一種幻覺

你可能以為自己在臺上就好似一面透明玻璃，大家都看得出你的緊張。但相信我，他們看不出來。你自身感覺到的緊張跟他們看到和聽到的緊張，當中是有落差的。你可能覺得自己的手在抖，你的聲音快破音，你的掌心在冒汗，但聽眾基本上幾乎或完全無感。[74]

很多講者下臺後，都會跟我和他們的團隊成員說真是緊張死了。我請他們從 1 到 10 給自己的緊張程度打分數（1 ＝最有自信且最不緊張，10 ＝緊張到心臟快要爆掉）。然後我請聽眾也用 1 到 10 評估一下講者看起來緊不緊張。結果每次做出來的結果都是講者高於聽眾——而且分數通常會差到一倍。

你可以試著錄下自己演講的模樣，並在播放之前評估一下自己的緊張程度，然後看完之後再評估一次。只

要發現自己看上去並不如你想像中的緊張，你的焦慮就會下降，你的表現也會改善。這樣會遠勝過你把自己困在惡性循環裡：人愈擔心就會愈緊張，然後緊張又會生出更多的緊張。

記住你在臺上並不透明，你的緊張並非一目瞭然。

新兵訓練營

訓練是有用的。很多研究都已經顯示出訓練可以改善你演講的成效和自信。在其中一項研究中，一組學生在接受包含實際練習和事後回饋在內的演講指導之前，進行了演講技巧和自信的評估。在完成培訓後，同一批學生又再次進行評估，結果所有分數都有顯著的進步——包括技巧的開發和自信的培養。[75] 見 302 頁表格。

在我主持密集講者訓練課程的幾十年裡，這樣的進步模式我看多了。

接受培訓，享受自信的提升。

	訓練前的評估分數 （目標行為的達成率）	訓練後的評估分數 （目標行為的達成率）
手勢	12%	81%
眼神接觸	4%	98%
各種演說行為，包括舞臺上的站位、對主辦單位的感謝、對觀眾的問候、主題的介紹、募集臺下的發問等	13%	100%
整體評分（7分最好，1分最差）	2.2	5.5
你在演講時的自信度有多高？（7分最高，1分最低）	3.6	5.9

資料來源：Stephen B. Fawcett and L. Keith Miller, "Training Public-Speaking Behavior: An Experimental Analysis and Social Validation," *Journal of Applied Behavior Analysis 8*, no. 2 (1975): 125–35.

把專注力朝外

　　不論你喜歡也好不愛也罷，演講就是一種拋頭露面，讓人品頭論足的活動——你在臺上講話，臺下就會正式

或非正式地幫你打分數。而一意識到臺下在打量我們，人的焦慮就會上升。研究顯示，過於焦慮的講者會減少眼神接觸，會做出更多代表緊張的手勢，還會頻繁地查看他們的筆記。[76]

你要接受被評估的除了外表，當然還有你的內容。聽眾如果對你講的話感興趣，那你的焦慮就會降低——即便那種有興趣看似是負面的也一樣！[77] 為了讓你在內容和表達上都獲得最好的評價，該怎麼做你都已經知道了：縮小牆壁、打造箭囊、建立強力訊息、關閉迴路！

按這些方式去準備演講還有一種效果，那就是讓你不要一直用負面的關注折磨自己（我怕我會聽起來像個白癡），並轉而用正面的關注去留意旁人（我要如何才能讓來聽講的人覺得不虛此行？）這場演講的重點不在臺上的你，而是臺下的聽眾。將你的注意力放在他們身上，你的焦慮感就會下降。

你在演講的時候，要想著你是一對一在跟一個人傳遞訊息，而不是亂槍打鳥地在對一大群人喊話。你要想著我建議過的，輪流跟每個人維持三到五秒鐘的眼神接觸，藉此來鞏固你與臺下的連結，強化你的存在感。這將有助於你創造一系列一對一的迷你簡報，這樣你在過

程中就會覺得多一分親切，少一分害怕。而這也正是賽門·西奈克的做法。

「不知道大家有沒有注意到，我的做法是把劣勢轉為優勢。我之所以能成為一個更好的講者，靠的是我的內向性格。我不喜歡成為全場的焦點，那會讓我在人前嚇出一身冷汗。但我喜歡跟個別的人交談，」西奈克說。「所以大家可能會留意到在臺上的我不是在對公眾演講，我是在跟『你』講話，」他指著、看著其中一名聽眾，「然後再跟『你』說話，」他又指著、看著另一名聽眾，「接著我又跟『你』說起了話，」他再指向、看向第三名聽眾。「(這)實實在在幫助我提昇了跟聽眾的連結。」[78]

反復照著這樣的準備功夫去做，並穩定取得令人滿意的效果，那麼你就會累積出自信。之後你再照著做時，也會懷著一種可以取得成功的信心，一個正向循環就此成形。

你愈早開始準備，你的焦慮就愈快下降，自信也就愈快提升。你並不需要多花時間準備，你只需要早點站上名為「縮小牆壁」的起跑點。

準備好把焦點放在他人身上，跟他們一對一地對話。

太平日子

你的焦慮感會因為臺下很多人而上升，會因為酸民而上升，也會因為專家在場而上升。[79] 所以為了建立自信，你可以反其道而行，試著對這樣的人講話：一小群友善而且不是專家的一般素人。

在我 20 多歲時，我參加過三年國際演講協會（Toastermasters）的演講會，因為在那裡，我可以和志同道合者一起練習公開演講。那是一個效果很好，而且誰都負擔得起的社團。當然，如果你趕時間又不缺錢而且想快速進步，坊間不乏有專家主持的密集課程可以幫助你更有效率地成長。

「我以前只要勞動節 * 一過就開始緊張，因為每年的 12 月，我都要對著數百人進行年度的演說，包括公司執委會的成員都會在場聆聽，」一名客戶告訴我。我鼓勵他循序漸進，先對一小群專業上的後輩講話，這一點他後來做得相當頻繁且徹底。「現在我要到年會的前兩周才會開始緊張——這代表我多了三個月的太平日子，」他跟我說。

---

* 這邊指的是美國勞動節，每年 9 月的第一個星期一。

先在支持你的小團體面前演講來累積自信，再用這種自信去挑戰大魔王。

星期天等級的自信

一場職業高爾夫球巡迴賽雖然只有短短四天，卻分秒都繃緊著巨大的壓力，畢竟比賽的勝負牽涉到巨額的獎金，世界各地有不下幾百萬雙眼睛在關注比賽。而這所有的壓力，都會在星期天來到最高點，因為結果會在這一天一翻兩瞪眼。這時職業高爾夫選手用來紓壓的辦法，有哪一種簡單到我們也可以效法呢？答案是練習。去高爾夫練習場練，也在正式比賽中練。不斷的練習可以累積實力，也可以累積自信。一如老虎伍茲（Tiger Woods）所說，「我只是覺得能夠心無罣礙地說出這我以前做過，就能帶給我一種說不出的沉靜。那是種我在高爾夫生涯後期愈來愈有感的一種沉靜。」[80]

為了讓你的練習發揮最大的作用，你應該要在壓力不大的狀況下，一次只專注一件事情。高爾夫球選手稱之為「揮桿思想」（swing thought）：揮桿的時候專心一意。講者也可以做一樣的事情。你可以在例行圓桌會議上只

專注於眼神接觸。其餘的演講技巧你都暫時擱置一段時間，例如一星期。然後再輪到其他技巧，比方說暫停。你可以在分配任務的時候練習暫停。在壓力很小或趨近於零的狀況下只練習一樣東西的好處，是你能養成習慣。把一個新習慣疊加到另一個新習慣上，它們就會發揮一加一大於二的效果。

貪多嚼不爛，一次想專注太多課題只會讓你打結，就好像你同時想摸肚、拍頭、單腳跳，然後把英文字母倒著念一樣。這樣你一定會很挫敗，一定會削弱自信。你就是一次專注一件事情就好，並把它養成習慣。

刻意一次只練習一樣東西，讓高價值的習慣得以建立。

> 你不能當那個站在滑水道頂端，只會一直想的小孩，你就是要滑下來。
>
> 蒂娜‧費（Tina Fey），好萊塢喜劇女星

自信為自信之母

幾年前有個讓電影製作人比賽的電視實境秀，參賽者有史蒂芬·史匹柏、馬克·柏奈特（Mark Burnett），還有大衛·高芬（David Goffin）。這個叫《片場線上》（*On the Lot*）的節目是每週一次的淘汰賽，參賽者必須用作品競爭價值百萬美元的夢工廠片約。

為了這個目標，31 歲的參賽者安德魯·杭特（Andrew Hunt）得在好萊塢大導演組成的評委會面前簡報。「我的劇本大綱是一名神父在他要晉鐸前找到了他夢想中的完美女孩，」杭特第一句話是這麼說的。然後在接下來的 90 秒內，這個頭戴毛帽的眼鏡男說了一個關於查理·帕茲（Charlie Potts）的故事。查理是個有望能成為下個大主教的神父，而他的紅粉知己亞莉克斯是替他在南美宣教和運送物資的飛行員。「她很野，她很狂，她跟他完全不一樣。啟蒙他跳舞的是她，更是她讓他一飲而盡了人生頭一杯龍舌蘭酒。」

帕茲慢慢愛上了亞莉克斯，但就在這時，一場洪水橫掃了他們所在的村莊，而在拚了命把村民送往高處避難後，兩人走散了。隔天雨停之後，帕茲開始瘋狂地在

村中尋找亞莉克斯的下落，而他找到了。

「在屋頂上，帕茲看見了亞莉克斯。她不知道是昏迷還是已經死去。帕茲對天說道，『我從來沒有求過祢任何事，但今天就算我求祢了。』」杭特暫停了一下讓懸疑累積張力。「終於她嗆出了一口水。她活下來了。」接著杭特又暫停了一下，才開始說起下一幕的場景。

「接著畫面切到麻州的波士頓，一間宏偉的教堂裡。」說到「宏偉」的時候，杭特用手比劃了一下大小，然後才收尾說，「我們看到查理站在裡面，看似準備接受晉鐸。但就在同一時間鏡頭拉遠，我們才看清楚那是一場婚禮。影片結束。」

「我接下來要去電影公司的新片提報行程，你可以代我去嗎？」評審中的一名導演隨即這麼說。另外一名評審則說，「直接把錢給他吧。你的提報就是這麼優秀，我都想自掏腰包了。」另外一名評審也說，「你用你的自信，激發出了我們對你的信心。」杭特轉身離開房間，資格最老的那個評審低聲說道，「安德魯・杭特，非常之好啊……」

系統性地建立起你的自信，好讓別人心中也能生出對你的信心。

結論

感動千萬人

Sonclusion:

Moving

Millions

想像一下，你的下一場演講結束後，底下的人竊竊私語你的名字，只因為他們被你的表現震撼到了。你可能覺得我在胡言亂語，但這樣的場景其實並沒有你想像的那麼無稽。平庸無奇的講者外頭一抓一大把，你想脫穎而出並不需要多強。你需要的不過是把幾件事做得不一樣一點、更厲害一點。只要能做到這樣，你的職涯就會踏上不同的軌跡，你的影響力就會不可同日而語。在許許多多看似不可能的翻身故事裡，演講技能都是位於其核心的發動機。

巴拉克・歐巴馬就是一例。在民主黨的全國大會上，他就用演講的能力撼動了全場，讓自己升格，走到了全美的舞臺上。以此為基礎，他不斷累積能量，最終成功感動了千萬人——甚至是億萬人——只因為大家都聽到了他的演講，也看到了他執政的各種做法。

布芮尼・布朗也是一例。她站上了休士頓的舞臺，撼動了全場。她以此為基礎累積能量，接續以寫作、演說和教學感動了千萬人。十年後，她找來上她領導力Podcast 節目的是哪一位特別來賓，你要不要猜猜看？答案是第 44 屆美國總統——這樣的殊榮，歐巴馬可不是隨便一個社工教授都會給，這是布芮尼・布朗靠自己贏得

的機會。在兩人於節目上的對話中，歐巴馬甚至也很巧合地提到了他從政之路的轉捩點：「我能夠成為全國性的政治人物，靠的就是 2004 年在波士頓的民主黨大會演說。」[81]

作曲家林—曼努爾‧米蘭達（Lin-Manuel Miranda）是第三例。他說服了最初的一批股東拿出 1250 萬美元，投入後來大紅大紫的百老匯音樂劇《漢密爾頓》（Hamilton）──這可不是個容易的提案。在他突破性地爆紅之後，歐巴馬夫婦在東尼獎（Tony Awards）頒獎典禮上介紹了米蘭達，總統伉儷表示他們會認識，是因為多年前米蘭達曾在白宮獻唱。當時米蘭達說他要用音樂劇裡的饒舌歌來給聽眾上一堂公民課（漢密爾頓是美國開國先賢的故事），歐巴馬夫婦還笑過他。在東尼獎典禮上，歐巴馬與蜜雪兒承認了好笑的是自己。

米蘭達在舞臺上化身漢密爾頓，奮力地唱出了充滿激情的曲目：《我的機遇》（My Shot）。身穿背心戲服和高筒皮靴的他在臺上邁出大步，西服的燕尾在身後拍打著空氣。最終他走到臺下和聽眾拉近距離，站定了步履，然後引吭高歌起歌詞的最後一句──「我絕不丟棄，我的機遇」（Not throwin' away my shot）──他把手臂擢向空中，飆上了這首曲子的最後兩字歌詞「機遇」。

　　米蘭達感動了千萬觀眾。《漢密爾頓》創造了破十億美元的票房[82]。我想可以說，米蘭達沒有辜負他的機遇。現在就請站定步履，換你去履行屬於你的時運。

致謝

> **"**
>
> 世間沒有誰是真正的白手起家，所有人能成功都是靠著別人的幫忙。
>
> 喬治・辛恩（George Shinn），前美國職籃紐奧良黃蜂隊老闆
>
> **"**

2020 年 3 月，正當新冠肺炎開始肆虐世界各地時，我的行程表也開始快速淨空了各種排定的事項，主要是我的客戶們紛紛趕著將業務搬到線上，並想方設法要在疫情中撐下來。三月春假後不久，我跟好朋友傑夫・戴維斯聊天，他說：「你應該趁這段時間把書寫一寫。」好

主意，但我不確定自己做不做得到。

　　我的缺點很多，其中一個就是超過兩個月的計畫，我都很難堅持到底。這兩個月當中一旦有其他能更快讓我嘗到多巴胺快感的機會出現，我就會被牽走。所以照理講我能出書的機率不會高，只會低。要不是有「第二頁」（Page Two）出版社傑出團隊的有條理和大力支持，這本書現在也只會是一個副標累積到 57 個字，年紀有好幾十年的夢想。

　　為此我非常感謝第二頁的共同創辦人潔西‧芬可斯坦（Jesse Finkelstein），她正向的態度和明智的建議貫穿了這本書的完成。我的責任編輯史考特‧史提德曼（Scott Steedman）不斷推著我朝正確的道路前進，讓我慢慢建立起了自信。細節常常是關鍵所在，文字編輯珍妮‧戈維爾（Jenny Govier）就結合了過人的細心和理稿能力，讓這本書完成得更加難以挑剔。羅尼‧加農（Rony Ganon）嫻熟的專案管理，讓我得以把寶貴的時間投注在正確的事務上。彼得‧考金（Peter Cocking）、泰西婭‧路易（Taysia Louie）和費歐娜‧李（Fiona Lee）產出了一系列耀眼且充滿創意的封面設計，我很滿意我們最後的成果。

　　麥德琳・柯恩（Madeleine Cohen）詳細地翻閱過多倫多大學圖書館的藏書，替我找到並摘錄了我一年也讀不完——更不可能靠自己找到——的資料。

　　我已經數不清這一年來的晨跑，有多少次是花在向約翰・瓦瑞勞討教作為作家的注意事項。我們的互動模式是我讓他愈跑愈慢，他讓我愈寫愈快：他光是某項建議，就讓我的完稿時間縮短了一半。

　　我也很感謝我的忠實客戶。幾十年來他們將信任託付給我，讓我得以在演說教練的生涯中不斷精進。對於他們願意分享自身的故事，讓本書的各種觀念變得生動，我對他們的付出銘感五內。

　　我的高中英文老師孟羅先生（Mr. Morrw）讓我知道我身為一個作家，是可以不斷進步的。事實上我也還在不斷求取進步。斯莫布里吉教授（Prof. Smallbridge）讓我懂得了寫作可以是種樂趣的道理。這方面我也還在繼續努力。

　　我的雙親讓我看到了什麼叫有志者事竟成，他們的身教是給我和妹妹最好的禮物。

　　日復一日，我的妻子梁善文示範了感動一方斗室最強大的辦法，就是用愛。所以謝謝各位，謝謝你們的愛。

注釋

前言

1.Brené Brown,"The Power of Vulnerability,"TED, June 2010, ted.com/talks/ brene_brown_the_power_of_vulnerability.

2.Brené Brown,"Listening to Shame,"TED, March 2012, ted.com/talks/ brene_brown_listening_to_shame.

3.Combined views of"The Power of Vulnerability"on TED.com (ted.com/ talks/brene_brown_the_power_of_vulnerability) and YouTube (youtube. com/watch?v=iCvmsMzlF7o) as of January 2021.

4."About,"on Brené Brown's official website, brenebrown.com/about/ brenebrown.com/about.

5.Maria Aspan,"How This Leadership Researcher Became the Secret Weapon for Oprah, Pixar, IBm, and Melinda Gates," *Inc.*, October 2018, inc. com/magazine/201810/maria-aspan/brene-brown-leadership- consultant-research.html.

6.Harry Beckwith, *The Invisible Touch: The Four Keys to Modern Marketing* (New York: Warner Books, 2000), 195.

第一章

7."Encarta," Wikipedia, en.wikipedia.org/wiki/Encarta.

8.Ben White, "Merrill Lynch to Pay Fine, Tighten Rules on Analysts," *Washington Post*, May 22, 2002, washingtonpost.com/archive/politics/ 2002/05/22/merrill-lynch-to-pay-fine-tighten-rules-on-analysts/27fc5858- 3597-465d-9402-2bd60e2a2366.

9.Natasha Scripture, "What Is the TED Prize (and How Can You Win Next Year's)?" *TEDBlog*, March 26, 2014, blog.ted.com/what-is-the-ted-prize-and-how-can-you-win-next-years.

第二章

10."Steve Jobs Introduces iPhone in 2007," posted by John Schroter, YouTube, October 9, 2011, youtu.be/MnrJzXm7a6o.

11.Julian Treasure, "5 Ways to Listen Better," TED, July 2011, ted.com/ talks/ julian_treasure_ 5_ways_to_listen_better.

12.Malika Favre, *The Operating Theatre*, illustration, *New Yorker* cover, April 3, 2017, newyorker.com/magazine/2017/04/03.

13.Françoise Mouly, "Cover Story: Malika Favre's *Operating Theatre*," *New Yorker*, March 23, 2017, newyorker.com/culture/culture-desk/ cover-story-2017-04-03.

14.Megan Ogilvie, "The Power of Female Surgeons Unmasked around the World Thanks to a Magazine Cover," *Toronto Star*, April 20, 2017, thestar.com/news/canada/2017/04/20/the-power-of-female-surgeons-unmasked-around-the-world-thanks-to-a-magazine-cover.html?rf.

第三章

15.Barack Obama, 2015 State of the Union Address, January 12, 2016, Obama White House Archives, obamawhitehouse.archives.gov/ state-of-the-union-2015.

16.Corey Robin, "Ronald Reagan's Balcony Heroes," *Harvard University Press Blog*, February 2, 2018, harvardpress.typepad.com/hup_publicity/

2018/02/ronald-reagan-heroes-in-the-balcony-daniel-rodgers.html.

17. Ronald Reagan, Address before a Joint Session of the Congress Reporting on the State of the Union, January 26, 1982, American Presidency Project, presidency.ucsb.edu/node/245636.

18. "What Is the Growth Share Matrix?" Boston Consulting Group, bcg.com/en-ca/about/our-history/growth-share-matrix.

19. Tiffany Hsu and Sapna Maheshwari, " 'Thumb-Stopping,' 'Humaning,' 'B4H' : The Strange Language of Modern Marketing," *New York Times*, November 25, 2020, nytimes.com/2020/11/25/business/media/thumb-stopping-humaning-b4h-the-strange-language-of-modern-marketing. html.

20. Ray Dalio, "How the Economic Machine Works," YouTube, September 22, 2013, youtube.com/watch?v=PHe0bXAIuk0.

21. "Facebook Coo Sheryl Sandberg's First Sit-Down with Ellen," *The Ellen Show*, YouTube, April 24, 2017, youtu.be/_TFVTP0Q1Sc?t=174.

22. Don Lindsay, email message to author, January 2, 2021.

23. Paul J. Zak, "Why Your Brain Loves Good Storytelling," *Harvard Business Review*, October 28, 2014, hbr.org/2014/10/why-your-brain-loves-good- storytelling.

24. Martha Hamilton and Mitch Weiss, *Children Tell Stories: Teaching and Using Storytelling in the Classroom* (Katonah, Ny: Richard C. Owen Publishers, 2005), 206.

25. Don Hewitt, *Tell Me a Story: Fifty Years and 60 Minutes in Television* (New York: Public Affairs, 2001), 1.

26. Steven Goff, "Megan Rapinoe vs. Lucy Bronze in a World Cup Semifinal Is a Star-Power Matchup Like No Other," *Washington Post*, June 30, 2019, washingtonpost.com/sports/2019/06/30/megan-rapinoe-vs-lucy-bronze-

world-cup-semifinal-is-star-power-matchup-like-no-other.

27. Tehila Kogut and Ilana Ritov, "The 'Identified Victim' Effect: An Identified Group, or Just a Single Individual?" *Journal of Behavioral Decision Making* 18, no. 3 (2005): 157–67, doi.org/10.1002/bdm.492.

28. As cited in Shankar Vedantam, "Why Your Brain Wants to Help One Child in Need—but Not Millions," *Goats and Soda*, NPR, November 5, 2014, npr.org/sections/goatsandsoda/2014/11/05/361433850/why-your-brain-wants-to-help-one-child-in-need-but-not-millions.

29. "Kurt Vonnegut on the Shapes of Stories," posted by David Comberg, YouTube, October 30, 2010, youtu.be/oP3c1h8v2ZQ?t=77.

30. Marc Marschark, "Imagery and Organization in the Recall of Prose," *Journal of Memory and Language* 24, no. 6 (1985): 734–45, doi.org/10.1016/0749-596X(85)90056-7.

31. "The Kitchen and the Experience: Running a Restaurant from 'Both Sides of the Wall,'" *Vanity Fair* New Establishment Summit, October 4, 2017, vanityfair.com/video/watch/the-new-establishment-summit-the-kitchen-and-the-experience-running-a-restaurant-from-both-sides-of- the-wall.

32. Bob Simon, "Conductor Gustavo Dudamel's Musical Mission," *60 Minutes*, May 14, 2010, cbsnews.com/news/conductor-gustavo- dudamels-musical-mission.

33. Warren Buffett, Letter to the Shareholders of Berkshire Hathaway Inc., March 1, 1994, berkshirehathaway.com/letters/1993.html.

34. Jerry Seinfeld, *23 Hours to Kill*, Netflix, 2020.

35. Colin Powell and Joseph E. Persico, *My American Journey* (New York: Ballantine Books, 1995), 102.

36. Interview with Marc Benioff, "'I Know Marketing,'" *Forbes*, January 25,

2007, forbes.com/2007/01/25/salesforce-marketing-benioff-tech-enter-cz_ vmb_0125salesforce.html.

37. "Legends Profile: Michael Jordan," NBA.com, nba.com/history/legends/ profiles/michael-jordan.

38. Billy Witz, "Spurs' Title Is a Testament to Persistence," *New York Times*, June 17, 2014, nytimes.com/2014/06/17/sports/basketball/spurs-title- is-a- victory-for-persistence.html.

39. "Chaplin Quotations," on the Chaplin family's official website, charlie chaplin.com/en/quotes.

40. Scott Adams, *Dilbert and the Way of the Weasel* (New York: Harper Business, 2003), 38.

41. Dr. Prabhjot Singh quoted in Western Bonime, "Human Centered Design Is Revolutionizing How We Respond to Emergencies Like CoVId," *Forbes*, October 25, 2020, forbes.com/sites/westernbonime/2020/10/25/human- centered-design-is-revolutionizing-how-we- respond-to-emergencies.

42. "Global Trust in Advertising and Brand Messages," Nielsen, April 10, 2012, nielsen.com/ssa/en/insights/report/2012/global-trust-in- advertising- and-brand-messages-2.

43. Myles Udland, "Fidelity Reviewed Which Investors Did Best and What They Found Was Hilarious," *Business Insider*, September 4, 2014, businessinsider.com/forgetful-investors-performed-best-2014-9.

44. "Warren Buffett: Real Time Net Worth," *Forbes*, forbes.com/profile/ warren-buffett/?sh=754c5ae94639.

45. Barbara Whelehan, "This Is the Average Net Worth by Age," Bankrate, March 13, 2020, bankrate.com/personal-finance/average-net-worth- by-age.

46. See u/hipnosister, "The difference between 1 million..." r/woahdude,

reddit.com/r/woahdude/comments/343i9n/the_difference_between_1_million_and_1_billion_is.

47. Michael Lewis, *Moneyball: The Art of Winning an Unfair* Game (New York: W.W. Norton, 2004), 121.

48. Dan Ariely, "Painful Lessons," web.mit.edu/ariely/www/mIT/Papers/mypain.pdf.

第四章

49. Tom Peters, "Slides," TomPeters.com, tompeters.com/slides.

50. Doris A. Graber, "Say It with Pictures," *Annals of the American Academy of Political and Social Science* 546, no. 1 (1996): 85–96, doi.org/10.1177/0002716296546001008.

第五章

51. Carolyn P. Atkins, "Perceptions of Speakers with Minimal Eye Contact: Implications for Stutterers," *Journal of Fluency Disorders* 13, no. 6 (1988): 429–36, doi.org/10.1016/0094-730X(88)90011-3.

52. Chris L. Kleinke, "Gaze and Eye Contact: A Research Review," *Psychological Bulletin* 100, no. 1 (1986): 78–100, doi.org/10.1037/0033-2909.100.1.78.

53. David Morgan, "Palin Hand Crib Notes Attract Scrutiny," *CBS News*, February 8, 2010, cbsnews.com/news/palin-hand-crib-notes-attract-scrutiny.

54. Cathy N. Davidson, *Now You See It: How the Brain Science of Attention Will Transform the Way We Live, Work, and Learn* (New York: Viking, 2011), 27.

55.Jon Mooallem, "One Man's Quest to Change the Way We Die," *New York Times*, January 3, 2017, nytimes.com/2017/01/03/magazine/one-mans- quest-to-change-the-way-we-die.html.

56.Donald A. Bligh, *What's the Use of Lectures?* (Exeter, Uk: Intellect, 1998), 39.

57.Andrew Rosenberg and Julia Hirschberg, "Charisma Perception from Text and Speech," *Speech Communication* 51, no. 7 (2009): 640– 55, doi.org/10.1016/j.specom.2008.11.001.

58.Cynthia McLemore, "The Pragmatic Interpretation of English Intonation: Sorority Speech," dissertation, University of Texas at Austin, 1991.

59.S.E. Brennan and M. Williams, "The Feeling of Another's Knowing: Prosody and Filled Pauses as Cues to Listeners about the Metacognitive States of Speakers," *Journal of Memory and Language* 34, no. 3 (1995): 383–98, doi.org/10.1006/jmla.1995.1017.

60.Mary Roach, "10 Things You Didn't Know about Orgasm," TED, February 2009, ted.com/talks/mary_roach_10_things_you_didn_t_ know_about_orgasm.

61.Hannah Summerfelt, Louis Lippman, and Ira E. Hyman Jr., "The Effect of Humor on Memory: Constrained by the Pun," *Journal of General Psychology* 137, no. 4 (2010): 376–94, doi.org/10.1080/00221309.2010.49 9398.

62. 截至 2021 年 1 月 1 日在 podcastchart.com 網站上排名第七。

63."Scandalous Presidential Affairs in France from Private to Public," Eurochannel, eurochannel.com/en/Scandalous-Presidential-Affairs-in-France.html.

64.Albert Mehrabian, "Nonverbal Communication," *Nebraska Symposium on Motivation, Volume 19*, ed. James K. Cole (Nebraska: University of Nebraska Press, 1971), 111.

65.Judee K. Burgoon, David B. Buller, Jerold L. Hale, and Mark A. de Turck, "Relational Messages Associated With Nonverbal Behaviors," *Human Communication Research* 10, no. 3 (1984): 351–78, doi.org/10.1111/j.1468-2958.1984.tb00023.x.

第六章

66.Ewen MacAskill, "Rick Perry Forgets Agency He Wants to Scrap in Republican Debate Disaster," *The Guardian*, November 10, 2011, theguardian.com/world/2011/nov/10/rick-perry-forgets-agency-scrap.

67.Don Gonyea, "Perry Has An 'Oops' Moment at GoP's Mich. Debate," NPR.com, November 10, 2011, npr.org/2011/11/10/142198509/ perry-stumbles-in-latest-gop-debate.

68.Chris Hadfield, "What I Learned from Going Blind in Space," TED, March 2014, ted.com/talks/chris_hadfield_what_i_learned_from_going_ blind_in_space.

69.Matthew Daly, "Stumped by Questioner, Obama Vows to Get Answers to Hanford Cleanup," *Everett Herald*, May 19, 2008, heraldnet.com/news/ stumped-by-questioner-obama-vows-to-get-answers-to-hanford- cleanup.

70.Stacey Abrams, "Lead from the Outside," Town Hall Seattle, YouTube, April 26, 2019, youtu.be/IB8jlmxg7ag?t=2839.

第七章

71.Cybele Garcia-Leal, Alexandre C.B.V. Parente, Cristina M. Del-Ben, et al., "Anxiety and Salivary Cortisol in Symptomatic and Nonsymptomatic Panic

Patients and Healthy Volunteers Performing Simulated Public Speaking," *Psychiatry Research* 133, nos. 2–3 (2005): 239– 52, doi.org/10.1016/j.psychres.2004.04.010; Ayelet Meron Ruscio, Timothy A. Brown, Wai Tat Chiu, et al., "Social Fears and Social Phobia in the USA: Results from the National Comorbidity Survey Replication," *Psychological Medicine* 38, no. 17 (2008): 15–28, dx.doi.org/10.1017% 2FS0033291707001699.

72.Graham D. Bodie, "A Racing Heart, Rattling Knees, and Ruminative Thoughts: Defining, Explaining, and Treating Public Speaking Anxiety," *Communication Education 59*, no. 1 (2010): 70–105, doi.org/10.1080/03634520903443849.

73."Jack's Microphone Mishap—*30 Rock*," posted by 30 Rock Official, YouTube, September 26, 2017, youtube.com/watch?v=6foSgzpEEQU.

74.Kenneth Savitsky and Thomas Gilovich, "The Illusion of Transparency and the Alleviation of Speech Anxiety," *Journal of Experimental Social Psychology 39*, no. 6 (2003): 618–25, doi.org/10.1016/S0022-1031(03)00056-8.

75.Stephen B. Fawcett and L. Keith Miller, "Training Public-Speaking Behavior: An Experimental Analysis and Social Validation," *Journal of Applied Behavior Analysis* 8, no. 2 (1975): 125–35, dx.doi.org/10.1901%2Fjaba.1975.8-125.

76.John A. Daly, Anita L. Vangelisti, and Samuel G. Lawrence, "Self-Focused Attention and Public Speaking Anxiety," *Personality and Individual Differences* 10, no. 8 (1989): 903–13, doi.org/10.1016/0191-8869(89)90025-1.

77.Mel Slater, David-Paul Pertaub, and Anthony Steed, "Public Speaking in Virtual Reality: Facing an Audience of Avatars," *IEEE Computer Graphics and Applications* 19, no. 2 (1999), 6–9, doi.org/10.1109/38.749116.

78.Simon Sinek, "How to Leverage Being an Introvert," YouTube, November 25, 2020, youtu.be/ozSjZ6iRkSA?t=80.

79.Bodie, "A Racing Heart, Rattling Knees, and Ruminative Thoughts."

80.Karl MacGinty, "Woods Reveals the Man behind the Mask," *Independent*, July 25, 2006, independent.ie/sport/golf/woods-reveals-the-real-man-behind-mask-26376101.html.

結論

81.Brené Brown, "Brené with Barack Obama on Leadership, Family & Service," *Dare to Lead* podcast, December 7, 2020, 42:35.

82."*Hamilton* Surpasses $1 Billion in Revenue after Disney Sale," Ticketing Business News, June 9, 2020, theticketingbusiness.com/2020/06/09/hamilton-surpasses-1bn-revenue-disney-sale.

資源：值得參考的演講

這裡列出我在本書中提及的各場演講。若需要一份附網路連結的清單
電子檔，可前往網址 podiumconsulting.com/talks。這當中不乏經典到你
會想一看再看的演講。

Achor, Shawn. "The Happy Secret to Better Work." Filmed May 2011. TED.
　ted.com/talks/shawn_achor_the_happy_secret_to_better_work.
Allende, Isabel. "Tales of Passion." Filmed March 2007. TED. ted.com/talks/
　isabel_allende_tales_of_passion.
Ariely, Dan. "What Makes Us Feel Good about Our Work?" Filmed October
　2012. TED. ted.com/talks/dan_ariely_what_makes_us_feel_good_about_
　our_work.
Brown, Brené. "Listening to Shame." Filmed March 2012. TED. ted.com/
　talks/brene_brown_listening_to_shame.
Brown, Brené. "The Power of Vulnerability." Filmed June 2010. TED. ted.
　com/talks/brene_brown_the_power_of_vulnerability.
Cain, Susan. "The Power of Introverts." Filmed February 2012. TED. ted.
　com/talks/susan_cain_the_power_of_introverts.
Cutts, Matt. "Try Something New for 30 Days." Filmed March 2011. TED.
　ted.com/talks/matt_cutts_try_something_new_for_30_days.
Fonda, Jane. "Life's Third Act." Filmed December 2011. TED. ted.com/
　talks/jane_fonda_life_s_third_act.
Gawande, Atul. "How Do We Heal Medicine?" Filmed March 2012. TED.
　ted.com/talks/atul_gawande_how_do_we_heal_medicine.
Gladwell, Malcolm. "Choice, Happiness, and Spaghetti Sauce." Filmed

February 2004. TED. ted.com/talks/malcolm_gladwell_choice_happiness_
and_spaghetti_sauce.

Headlee, Celeste. "10 Ways to Have a Better Conversation." Filmed May
2015. TED. ted.com/talks/celeste_headlee_10_ways_to_have_a_better_
conversation.

Lewinsky, Monica. "The Price of Shame." Filmed March 2015. TED. ted.
com/talks/monica_lewinsky_the_price_of_shame.

Little, Brian. "Who Are You, Really? The Puzzle of Personality." Filmed
February 2016. TED. ted.com/talks/brian_little_who_are_you_really_the_
puzzle_of_personality.

Marsh, Nigel. "How to Make Work-Life Balance Work." Filmed May 2010.
TED. ted.com/talks/nigel_marsh_how_to_make_work_life_balance_work.

Miller, B.J. "What Really Matters at the End of Life." Filmed March 2015.
TED. ted.com/talks/bj_miller_what_really_matters_at_the_end_of_life.

Oliver, Jamie. "Teach Every Child about Food." Filmed February 2010. TED.
ted.com/talks/jamie_oliver_teach_every_child_about_food.

Perel, Esther. "Rethinking Infidelity: A Talk for Anyone Who Has Ever
Loved." Filmed March 2015. TED. ted.com/talks/esther_perel_rethinking_
infidelity_a_talk_for_anyone_who_has_ever_loved.

Pink, Dan. "The Puzzle of Motivation." Filmed July 2009. TED. ted.com/
talks/dan_pink_the_puzzle_of_motivation.

Puddicombe, Andy. "All It Takes Is 10 Mindful Minutes." Filmed November
2012. TED. ted.com/talks/andy_puddicombe_all_it_takes_is_10_mindful_
minutes.

Robbins, Tony. "Why We Do What We Do." Filmed February 2006. TED.
ted.com/talks/tony_robbins_why_we_do_what_we_do.

Robinson, Sir Ken. "Do Schools Kill Creativity?" Filmed February 2006.

TED. ted.com/talks/sir_ken_robinson_do_schools_kill_creativity.

Sandberg, Sheryl. "Why We Have Too Few Women Leaders." Filmed December 2010. TED. ted.com/talks/sheryl_sandberg_why_we_have_too_few_women_leaders.

Sinek, Simon. "How Great Leaders Inspire Action." Filmed September 2009. TED. ted.com/talks/simon_sinek_how_great_leaders_inspire_action.

Stevenson, Bryan. "You Don't Create Justice by Doing What Is Comfortable." Filmed October 20, 2015. Google Zeitgeist. youtube.com/watch?v=OUfwI36Fdq8.

Suzuki, Wendy. "The Brain-Changing Benefits of Exercise." Filmed November 2017. TED. ted.com/talks/wendy_suzuki_the_brain_changing_benefits_of_exercise.

Vanderkam, Laura. "How to Gain Control of Your Free Time." Filmed October 2016. TED. ted.com/talks/laura_vanderkam_how_to_gain_control_of_your_free_time.

Veitch, James. "This Is What Happens When You Reply to Spam Email." Filmed December 2015. TED. ted.com/talks/james_veitch_this_is_what_happens_when_you_reply_to_spam_email.

Velásquez, Lizzie. "How Do You Define Yourself?" Filmed December 2013. TED. ted.com/talks/lizzie_velasquez_how_do_you_define_yourself.

Wilson, Taylor. "Yup, I Built a Nuclear Fusion Reactor." Filmed March 2012. TED. ted.com/talks/taylor_wilson_yup_i_built_a_nuclear_fusion_reactor.

Zander, Benjamin. "The Transformative Power of Classical Music." Filmed February 2008. TED. ted.com/talks/benjamin_zander_the_transformative_power_of_classical_music.

實用知識 84

感動全場的演說之道

從歐巴馬到 TED Talks 百大講者，讓聽眾欲罷不能的七個祕密

作　　者：高傑里（Trevor Currie）
譯　　者：鄭煥昇
責任編輯：簡又婷
校　　對：簡又婷、林佳慧
封面設計：萬勝安
視覺設計：Yuju
寶鼎行銷顧問：劉邦寧

發 行 人：洪祺祥
副總經理：洪偉傑
副總編輯：林佳慧
法律顧問：建大法律事務所
財務顧問：高威會計師事務所
出　　版：日月文化出版股份有限公司
製　　作：寶鼎出版
地　　址：台北市信義路三段 151 號 8 樓
電　　話：(02)2708-5509 ／傳　真：(02)2708-6157
客服信箱：service@heliopolis.com.tw
網　　址：www.heliopolis.com.tw
郵撥帳號：19716071 日月文化出版股份有限公司
總 經 銷：聯合發行股份有限公司
電　　話：(02)2917-8022 ／傳　真：(02)2915-7212
製版印刷：軒承彩色印刷製版股份有限公司
初　　版：2023 年 1 月
定　　價：400 元
I S B N：978-626-7238-07-3

Copyright © 2021 by Trevor Currie
Published by arrangement with Transatlantic Literary Agency Inc., through
The Grayhawk Agency

國家圖書館出版品預行編目 (CIP) 資料

感動全場的演說之道：從歐巴馬到 TED Talks 百大講者，
讓聽眾欲罷不能的七個祕密 / 高傑里 (Trevor Currie) 著；
鄭煥昇譯 . -- 初版 . -- 臺北市：日月文化出版股份有限公
司，2023.01
336 面；14.7×21 公分 . -- （實用知識；84）
譯自：Move The Room：Seven Secrets Of Extraordinary
Speakers
ISBN 978-626-7238-07-3（平裝）

1.CST: 演說術 2.CST: 說話藝術
811.9　　　　　　　　　　　　　　　111018769

日月文化集團
HELIOPOLIS
CULTURE GROUP

客服專線 02-2708-5509
客服傳真 02-2708-6157
客服信箱 service@heliopolis.com.tw

廣告回函
台灣北區郵政管理局登記證
北台字第 000370 號
免貼郵票

日月文化集團 讀者服務部 收

10658 台北市信義路三段151號8樓

對折黏貼後，即可直接郵寄

日月文化網址：**www.heliopolis.com.tw**

最新消息、活動，請參考 FB 粉絲團

大量訂購，另有折扣優惠，請洽客服中心（詳見本頁上方所示連絡方式）。

大好書屋

寶鼎出版

山岳文化

EZ TALK

EZ Japan

EZ Korea

大好書屋・**寶鼎出版**・山岳文化・洪圖出版　EZ叢書館　EZ Korea　EZ TALK　EZ Japan

日月文化集團
HELIOPOLIS
CULTURE GROUP

感謝您購買 **感動全場的演說之道**
從歐巴馬到TED Talks百大講者，讓聽眾欲罷不能的七個祕密

為提供完整服務與快速資訊，請詳細填寫以下資料，傳真至02-2708-6157或免貼郵票寄回，我們將不定期提供您最新資訊及最新優惠。

1. 姓名：＿＿＿＿＿＿＿＿＿＿＿＿＿＿　性別：□男　　□女

2. 生日：＿＿＿＿年＿＿＿＿月＿＿＿＿日　職業：

3. 電話：（請務必填寫一種聯絡方式）

　（日）＿＿＿＿＿＿＿＿＿＿　（夜）＿＿＿＿＿＿＿＿＿＿　（手機）＿＿＿＿＿＿＿＿

4. 地址：□□□＿＿＿＿＿＿＿＿＿＿＿＿＿＿＿＿＿＿＿＿＿＿＿＿＿＿

5. 電子信箱：＿＿＿＿＿＿＿＿＿＿＿＿＿＿＿＿＿＿＿＿＿＿＿＿

6. 您從何處購買此書？□＿＿＿＿＿＿＿＿＿縣/市＿＿＿＿＿＿＿＿書店/量販超商

　□＿＿＿＿＿＿＿＿網路書店　□書展　□郵購　□其他

7. 您何時購買此書？　　年　　月　　日

8. 您購買此書的原因：（可複選）
　□對書的主題有興趣　□作者　□出版社　□工作所需　□生活所需
　□資訊豐富　□價格合理（若不合理，您覺得合理價格應為＿＿＿＿＿＿）
　□封面/版面編排　□其他＿＿＿＿＿＿＿＿＿＿＿＿＿＿＿＿＿＿

9. 您從何處得知這本書的消息：□書店　□網路／電子報　□量販超商　□報紙
　□雜誌　□廣播　□電視　□他人推薦　□其他

10. 您對本書的評價：（1.非常滿意 2.滿意 3.普通 4.不滿意 5.非常不滿意）
　書名＿＿＿＿　內容＿＿＿＿　封面設計＿＿＿＿　版面編排＿＿＿＿　文/譯筆＿＿＿＿

11. 您通常以何種方式購書？□書店　□網路　□傳真訂購　□郵政劃撥　□其他

12. 您最喜歡在何處買書？
　□＿＿＿＿＿＿＿＿縣/市＿＿＿＿＿＿＿＿書店/量販超商　□網路書店

13. 您希望我們未來出版何種主題的書？＿＿＿＿＿＿＿＿＿＿＿＿＿＿＿＿＿＿

14. 您認為本書還須改進的地方？提供我們的建議？

＿＿＿＿＿＿＿＿＿＿＿＿＿＿＿＿＿＿＿＿＿＿＿＿＿＿＿＿＿＿＿＿＿＿

＿＿＿＿＿＿＿＿＿＿＿＿＿＿＿＿＿＿＿＿＿＿＿＿＿＿＿＿＿＿＿＿＿＿

＿＿＿＿＿＿＿＿＿＿＿＿＿＿＿＿＿＿＿＿＿＿＿＿＿＿＿＿＿＿＿＿＿＿

＿＿＿＿＿＿＿＿＿＿＿＿＿＿＿＿＿＿＿＿＿＿＿＿＿＿＿＿＿＿＿＿＿＿

實　用

知　識

實鼎出版